AF295485

Del 1

FSC
www.fsc.org
MIX
Papper från
ansvarsfulla källor
Paper from
responsible sources
FSC® C105338

Samtidigt som jag fick ner mobilen i bröstfickan på jackan började Eddie Meduzas 'Vår gamle Opel' höras i högtalarna. Jag svor lågt och tittade efter en plats att vända bilen i mörkret.

Bilarna som körde i bägge riktningarna bländade och regnet som piskade mot rutan gjorde inte saken bättre. Men efter en vågad u-sväng var jag på väg tillbaka mot stan igen. De rytmiska ljuden från vindrutetorkarna gjorde mig sömnig så jag vred upp volymen på stereon.

En kvart senare parkerade jag min gråa rosthög till bil bredvid Davids bruna Saab. Jag kikade snabbt i backspegeln om mitt tjocka vetefärgade hår satt kvar i knuten innan jag klev ur, och efter några hårdhänta försök fick jag igen bildörren och låste den.

David kom ur sin bil och vi skyndade undan regnet och in genom dörrarna till Rättsmedicin. Han gav mig en snabb blick med de blå. "Där fick vi för vi gick tidigare."

Jag muttrade något ohörbart, och vi tog oss bort till Stig Östmans trånga kontor där David knackade lätt innan han öppnade dörren.

Stig Östman, som hade sin kavajprydda och runda hydda placerad på kontorsstolen, kikade upp med de gröna. "Ja, vad bra."

David satte sig mittemot Östman på den enda lediga stolen, så jag hade inget annat val än att stå kvar innanför dörren.

Östman skickade några foton över det vita skrivbordet till David, så jag tog ett stärkande andetag innan jag tittade över hans axel för att se bättre.

En ljushårig pojke hängde från taket med ett blått rep runt halsen. Repet gick upp till en takbjälke, och framför honom fanns en liggande gammal pallbock. Han var klädd i ett par svarta jeans, en vit t-shirt och vita strumpor.

David bläddrade vidare och resten av fotona var tagna när pojken låg nedplockad på ett brädgolv. På golvet fanns en tunn svart jacka och ett par slitna gympaskor, gammalt hö, sågspån och något jag missänkte var muslort.

"Roligare måndag än så kan man ha." Östman lutade armarna tungt mot skrivbordet. "Mattias Berg, enligt personnumret femton år och sex månader, anmäld försvunnen i morse och hittad cirka kvart över tio i förmiddags. Snabbt identifierad tack vare ärret över vänstra ögonbrynet."

Vi nickade. Även om vi suttit med andra ärenden så hade vi hört om det här.

"Markägaren till den gamla gärdesladan såg att dörren stod och slog, och hittade då pojken. Som ni ser försökte man få det att se ut som självmord. Kroppen har blivit flyttad och döden inträffade mellan arton noll noll och tjugo noll noll igår kväll." Östman fortsatte prata medicinska termer medan mina tankar ofrivilligt gick till farfar. Det satt nämligen en klassisk orange julstjärna i rummets enda fönster, och vi hade satt upp likadana hemma hos oss till varje jul. "... visa er kroppen så ni förstår varför jag ville ha hit er så snart som möjligt."

David kom på fötter och Östman fick ur sin korta men stora kroppshydda ur kontorsstolen och vi gick bort till obduktion. Vi fick av våra svarta jackor och vita rockar kom på. Östman fick med lite stön av sig sin mörkgröna kavaj och fick på läkarrocken innan vi gick in till rummet pojken låg i.

Någon hade täckt över ansiktet och könet med små vita handdukar, och det var jag tacksam för.

Östman drog på sig trånga latexhandskar över de knubbiga händerna medan han sa: "Man ser med blotta ögat att det inte är ett rep som strypt honom utan ett par händer. Kroppen är väl tvättad och vi har endast funnit fibrer. Han har blivit penetrerad i anus och ingen sperma har hittats. Som ni ser har han blåmärken lite här och var på kroppen."

Här och var, var upptill på vänsterarmen, vid revbenen under höger bröstvårta och vid höger höft.

Östman pekade på vänsterarmen. "Dessa blåmärken är från fingrar då man greppat armen bakifrån. Lättare märken efter fingrar finns även på vänster höft. Det finns blåmärken efter knytnävsslag på ryggen också. De olika färgskiftningarna ni ser på samtliga platser säger att de tillkommit vid olika tillfällen." Han lyfte kroppen så vi fick se nedre delen av revbenen. "Märkenas placeringar talar för att förövaren hållit honom hårt med vänster hand och utdelat slag med sin högra hand."

Vi nickade och Östman pekade på fler blodsamlingar på vänster kroppshalva. "Det här berättar att pojken legat ner ett tag efter döden inträffat, och min gissning i ett bagageutrymme eftersom det talar för att kroppen legat i fosterställning och dessutom är flyttad." Han lade ner kroppen igen. "Vi tänkte ta resten om en timme när vi ändå är igång, vill ni vara med då?"

Jag och David ruskade hastigt på våra huvuden, och Östman vaggade före ut till våra kläder. Vi hejade på en av hans kvinnliga assistenter som gick förbi oss på väg in i salen.

Östman krånglade på sig kavajen. "Jo, jag glömde nämna det, av såren att döma har pojken blivit tagen i baken tidigare."

"Mhu?" David gav Östman en frågande blick. "Går det att säga om det har varit med våld?"

"Nej." Östman rafsade sin gråa hårbotten med fingret. Ett lätt mjällfall pudrade hans gröna kavajaxel. "Men vid tanken på de äldre märkena på kroppen kan vi nog bestämt säga att pojken blivit sexuellt utnyttjad vid ett flertal tillfällen. Vi hörs." Han vände oss ryggen och jag travade efter David med ett 'Hej, hej' till Östman.

Vi satt i vårt mörkgråa rum, och jag tuggade hungrigt på hamburgaren jag stannat och köpt efter en kortare omväg på väg till stationen.

David läste den lilla information som fanns på sin platta dataskärm: "Mattias Berg bodde hos sin ensamstående mamma, Julia. Det finns inga syskon." Han gav min hamburgare en längtande blick och fortsatte: "Mamman jobbade natt och upptäckte först i morse att Mattias inte var hemma. Vi fick in anmälan åtta och sexton."

Jag fick in en bunt strips i munnen och såg genom den mörkgrå lamellgardinen att Kåkå kom knallande utanför glasväggen. Kåkå är vår gruppchef och Kåkå är förkortning på Karl-Åke Kårmyr. Han kom just tillbaka från Mattias Bergs mamma.

"Hur gick det där då?" David gav Kåkå en blandad blick.

Den vithårige femtiotreåringen kom ner bredvid mig med en lätt suck. "Hon var lite borta i pillrens värld, så jag vet inte riktigt. Pappan bor i Tyskland och kommer till Uppsala imorrn, och hon vill inte identifiera pojken förrän han är med. Rubriken är "Kropp funnen" och den kan vara så ett par timmar till."

Det höll vi med om.

Han fortsatte: "Det lilla vi fått fram kring pojken är att han sågs senast av mamman när de åt middag vid sextonsnåret igår, sen gick han ut för att fota julbelysning och skyltning nere i city. Vi har förutom dörrknackningarna i hans bostadsområde folk igång som besöker butikerna." Han fick fram några foton som han spred ut på skrivbordet, och pekade sedan på ett par som var närbilder av det blåa repet. "Det är lätt avskavt längst med repet så allt tyder på att pojken dragits upp, vilket i sin tur talar för en ensam gärningsman."

Vi granskade bilderna och jag höll med, det handlade troligen om en ensam förövare. Pojkens fötter befann sig bara runt tre decimeter över golvet, vilket talade för att det blivit för tungt att få upp honom högre. Den änden av repet som gick över takbjälken från kroppen gick nedåt igen, och var sedan surrad några varv med en avslutande stor knut runt en väggbalk.

Kåkå samlade ihop fotona. "Bonden sabbade de hjulspår som fanns utanför ladan med traktorn, så det blir lite knepigt att få fram nåt där. Ladan ligger förövrigt bara hundra meter från landsvägen men tyvärr dold av energiskog."

"Då letar vi någon med lokalkännedom", konstaterade jag.

"Det gör vi." Kåkå höjde lite på de buskiga vita ögonbrynen. "Ja ha, vad var det Östman hade att visa?"

David berättade om Rättsläkarens fynd medan jag snabbt gjorde slut på maten.

"Jo, grabben brukade hålla till i Källarn."

Mina bruna gav Kåkå en frågande blick.

"En fritidsgård", förklarade han. "Vi har en gammal kollega där. Anita Nord."

Det visste jag inte vem det var.

"Hon var på Ungdom", sa David och drog fingrarna genom det två centimeter korta mörkbruna fuktiga håret. Några gråa strån glimmade till i lampskenet. "Slutade väl samma år som Kim började här, va?" Han vände blicken till Kåkå.

"Tror det. Det är väl bara öppet eftermidda kväll, så ni kan börja lite smått där nu. Men sen tar ni kväll. Hälsa." Kåkå tittade på mina sopor från hamburgemenyn. "Vi ses imorrn." Han lämnade oss med en kurrande mage.

Källarn låg, som namnet antydde, i en källare i ett av husen på en stor högstadieskola. Dofter från armsvett, rakvatten, rökiga kläder, parfym, godis, snus och kaffe slog emot oss när vi gick ner för trappan. Jag såg att David, som hatar när det är instängt, suckade djupt.

I taket fanns, förutom svarta spotlights som var utplacerade där de behövdes bäst, grova rör som ledde vatten och avlopp dit det skulle. Väggarna var dekorerade i färgglad graffiti och hårdrock på hög volym kom ur högtalarna som var placerade lite här och där.

Rakt fram fanns ett rum som var fullt med rundpingisspelande och skrattande grabbar vid de två pingisbord jag såg. Till vänster fanns ett fik med mörkblåa väggar och sju runda bord med stolar. Borden och stolarna var målade i olika färger och det bättrade på det kaos som redan fanns där: tonåringar som fikade, spelade kort, vickade på stolarna, någon rensade näsan, tre tjejer sminkade sig, runt hälften satt och pillade på sina mobiler och några gjorde faktiskt läxorna.

Bakom disken stod två finniga ynglingar med fett hår och slog vänskapligt på varandra.

Så tystnade plötsligt alla på fiket och allas blickar var riktade åt vårt håll. Jag hade inte ens behövt haft ögonen öppna för att veta att det var David som orsakade tystnaden. Han kan helt enkelt inte med sina en och nittio, hundrafemton kilo muskler, svarta kläder och sitt bestämda ansikte, dölja vad han är.

Någon vred ner volymen och ljuden från pingisrummet tog över. En leende rödhårig kvinna i femtioårsåldern kikade fram bakom disken.

”Nån som ska haffas?” frågade hon David över rummet.

”Nejdå”, svarade han.

Smått började samtalen sätta igång igen och vi tog oss fram mellan bord och stolar till kvinnan.

David presenterade oss: ”Anita Nord, Kim Larsen.”

”Kom in.” Hon gav mig en road blick med de blå och visade med handen att vi skulle komma in bakom disken.

Vi tog oss dit och ynglingarna som vänskapsslagits, morsade. Det fanns ett rum bredvid ynglingarna och Anita gick före. Jag som inte vant mig med vinterkängorna än, snubblade på tröskeln.

David harklade sig bakom mig.

Anita bjöd oss att sitta ner i en brun sliten soffa. Hon själv tog en pall efter hon stängt om oss. Dörren gjorde dock ingen större nytta, någon höjde volymen igen så musiken trängde in igenom väggen.

Soffbordet mellan oss var belamrat med glitter, julgranskulor och kottar, ljusstakar utan ljus, och en jättetrasslig ljusslinga med lampor i blandade färger.

”Nu är det jul igen.” Anita suckade lätt. ”Är ni här om Mattias Berg?”

”Ja”, sa David. ”Kåkå hälsar.”

Jag undrade stilla hur bra Kåkå egentligen kände Anita. Hon log nämligen lite konstigt.

David frågade: ”Vad kan du berätta om pojken?”

Plötsligt insåg hon tydligen varför vi var där, för det konstiga leendet försvann hastigt. ”Så ni har hittat honom?”

David nickade lätt.

”Fan.” Hon förstod att pojken var död och dessutom inte dött av naturliga orsaker. Men istället för att ställa frågor hon visste vi inte skulle svara på, suckade hon lätt och sa: ”Han var tystlåten, höll sig i fotorummet. Jag vet inte vad han fotade men det vet Lasse. Han är här imorron.”

”Vet du hur Mattias trivdes där?” undrade David.

”Jättebra.” Hon log snett. ”Enda gångerna Mattias verkligen såg glad ut var i Lasses sällskap.”

”Vilka tider har ni öppet?” ville jag veta.

”Från tre till nio. Fredagar ett till elva.”

”Hur många kommer hit en vanlig eftermiddag?”

”Runt femti såhär års. När moppesäsongen är över blir det några fler.”

”Är det inte rätt lite vid tanke på skolans storlek?”

Anita ruskade på huvudet. ”Vi har faktiskt bara tre som kommer dagligen. Två av dem, Amir och Tobias, hejade ni på vid kassan. Och faktiskt kommer en tredjedel av eleverna i den här skolan från landet, och det är inte många av dem som kommer hit.”

”Kommer det inte ungdomar från andra skolor också?” undrade jag.

”Jo, det gör det. Gårdarna turas om med olika aktiviteter, så en del härifrån besöker även de andra gårdarna. Och sommartid är det stängt här och vi som inte har semester eller annat jobb, jobbar då i nån av de andra lokalerna. Sen har vi en del utflykter och så också, men inte nu i december och januari.”

Det förstod jag. ”Vet du om Mattias hade nåt förhållande?”

Anita ruskade på huvudet. ”Han var vad jag vet mycket av en en-samvarg, så flick- eller pojkvän tvivlar jag starkt på.”

”Hur många är ni som jobbar här?”

”Tre. Jag, Lasse och Konrad som är i pingisrummet. Han är ny för terminen och suverän med ungarna.”

”Vad gör han annars?”

”Han är barnskötare på ett dagis nånstans i stan.”

”Kan du hämta honom?”

”Ja, visst.” Hon reste sig från pallen och lämnade oss.

”Det där fotorummet vill jag ta mig en titt i.” David såg plötsligt trött ut.

”Var det full rulle på dagbarnen där hemma?” frågade jag.

Han höjde frågande på ögonbrynen innan han fattade vad jag frågade. "Nej, jag var på stan."

"Kör vi på försvunnen?"

David suckade djupt. "Ja. Anita håller tyst."

Det var till min besvikelse en svensktoppslåt i högtalarna nu, men dörren gick snart upp och en svarthårig man i trettiofemårsåldern kom in i rummet.

"Hej. Konrad." Han räckte fram en svettig näve. Vi turades om att skaka den innan han slog sig ner på pallen Anita suttit på. "Konrad Ekwall, om så intresserar."

Det gjorde det.

"Vilken förskola jobbar du på?" frågade jag.

Lätt undrande berättade han det och att han var på avdelningen Humlan, där barnen var mellan ett och tre år.

"Mattias Berg."

Konrad gav David en undrande blick med sina ljusblå. David var nämligen lite för hård på rösten.

"Har du något att säga om honom?" frågade jag.

"Jaså, han de letar efter?" Han drog baksidan på handen över den svettiga pannan. "Nej, jag vet knappt vem killen är. Lasse vet mer."

"Men du kanske vet om han umgås med nån?"

"Bara My. Hon är här, ska jag hämta henne?"

"Ja, tack", sa jag.

Konrad lämnade oss och David nickade mot den stängda dörren. "Det är nåt med den där."

"Nu är du nojig, David."

Han suckade lågt åt sig själv. "Ja, jag är väl det. Men han manövrerade oss åt annat håll", påpekade han. "Två gånger."

Jag kunde inte säga emot utan satt tyst någon minut och blickade över den allmänna röran i rummet. Så knackade det försynt på dörren och en brunhårig flicka kikade försiktigt in.

"Kom in du", sa jag.

Hon tog sig tveksamt in och satte sig på pallkanten. *Lilla My* hade varit rätt passande om det inte varit för all makeup hon kletat in i ansiktet. Sen var hon till skillnad från Lilla My i sagans värld, blyg.

David visste att det inte var läge för honom att ställa frågor, så det gjorde jag: ”Hej, vi heter Kim och David. Anita talade väl om varför vi är här?”

Hon tittade på mig med bruna ögon. ”Ja”, sa hon lågt.

”Går du i samma klass som Mattias?”

”Ja.”

”Är ni bra kompisar?”

My gav mig en undrande blick. ”Kompisar? Han är typ ett spöke.” Hon tittade nervöst på David.

David gjorde inte en min och jag frågade: ”Hur menar du?”

Hennes blick kom tillbaka till mig. ”Han säger aldrig nåt mer än om nån frågar om nåt.”

”Okej. Umgås han med nån annan från skolan mer än dig?”

Hon tvekade lite. ”Fabian bara. Han går i vår klass.”

”Vad heter Fabian i efternamn?”

”Lindström.”

”Brukar Fabian också vara här nere?”

”Nej.”

”Så de umgås bara på skoltid då?”

My ruskade på huvudet. ”Aldrig i skolan. Och Mattias har ingen moppe, så de är bara med varandra ibland.”

”Vet du var han bor?”

Hon ruskade på huvudet men minen i ansiktet sa annat.

Jag fick upp vårt visitkort som jag gav henne. ”Kommer du på nåt ringer du oss på nåt av de här numren. Det är inte alltid vi kan svara men lämna ett meddelande så hör vi av oss. Mamma och pappa kan ringa om de undrar över vårt samtal med dig.”

Hon nickade. ”Hoppas ni hittar honom snart.” Så lämnade hon hastigt rummet.

Anita kom in igen. ”Nåt mer jag kan hjälpa till med?”

”Vet du Mys efternamn?” undrade jag.

Anita tänkte någon sekund. ”Persson, tror jag.”

”Fotorummet.” David ställde sig upp. ”Vi vill kika lite i det.”

”Jag har tyvärr ingen nyckel och expeditionen är stängd så här dags. Lasse släpper in er imorron.”

”Är det du som öppnar och stänger?” ville jag veta.

”Ja, jag är den enda som är här varje dag. Fast Lasse har också nycklar.”

”Okej.” David kikade ner på mig. ”Ska vi sluta för dan? Jag måste fan käka nåt.”

Jag skrattade lågt och kom ur soffan. ”Du skulle ha tagit erbjudandet om hamburgare när du fick det.”

David grymtade till.

”Tack för hjälpen”, sa jag till Anita. ”I morrn blir det nog en jobbig dag här.”

Hon nickade med en bitter min i ansiktet.

David gick före oss ut ur rummet. Och lika bra var väl det, jag snubblade på tröskhelvetet igen.

2

Det ringde på dörren och jag tittade frågande upp på Tim. Tim tittade lika frågande på mig och gäspade sedan högt bakom mig när jag kom ur sängen. Jag tassade trött ut till hallen, låste upp och öppnade dörren.

"Go morron." David var road.

"Faaan", sa jag.

Tim kom farande som en raket och golvade nästan David. Jag tog mig hastigt in på toa och lyssnade från porslinstronen hur de med hårda tag hälsade på varandra i hallen. Snabbt kom jag sedan i de svarta arbetsbyxorna och en svart t-shirt, märkt POLIS över ena bröstet, innan jag klev ut i hallen.

Tim hade gett upp och låg flåsande på golvet.

"Han börjar bli gammal", sa David.

"Ja." Jag klev över den flåsande svarta och lurviga pälshögen.

"Behöver han ut?"

"Japp."

"Jag tar honom."

Lätt förvånad över erbjudandet skyndade jag mig ut i köket och bredde några smörgåsar. Jag svor över det hårda smöret som förstörde limpskivorna, och efter några ostskivor kommit på plats på eländet åt jag medan jag hjälpligt bäddade sängen med andra handen. Mobilen med missade samtal hittade jag under kuddarna. Kläderna från gårdagen sparkade jag in under sängen tills vidare. Med en ny smörgås mellan tänderna fick jag sedan upp det halvlånga håret i en spretig knut innan jag gick till hallen och bökade på mig jackan och kängorna. Jag svalde sista tuggan när David kom tillbaka med Tim, så gick vi till bilarna och åkte till stationen.

Jens var fortfarande sjuk, så förutom några uniformerade var det bara Karin, vår, för tillfället vithåriga, femtiotvååriga civilanställda sekreterare och alltiallo, på plats. Hon var idag iklädd mörkgrönt och sa när vi kom in igenom avdelningsdörren: "Trött idag?"

"Ja", sa jag.

Hon var road av min försovning och slog sig leende ner vid sitt skrivbord som finns bland de öppna arbetsstationerna.

Vi hängde av jackorna på vårt rum och hämtade kaffe i pentryt som ligger snett mittemot. David fick näven runt två mazariner innan vi gick tillbaka till rummet.

"Ska vi förvarna skolan att vi kommer?" undrade jag och ställde ner min kopp på det svarta skrivbordet.

David kom ner mittemot i sin svarta kontorsstol med en liten nick.

Jag fick fart på min dator medan David angrep ena mazarinen. Väl inloggad letade jag reda på Mattias Bergs mammas telefonnummer som jag sedan slog på kontorstelefonen. Hon lät mer klar i huvudet än förväntat, och sa att vi var välkomna när som helst efter att exmaken kommit och de hade varit till Rättsmedicin. Så efter tolv? Det var till nackdel för oss men inget att göra åt saken om vi ville skynda på arbetet. Så knappade jag fram numret till skolans rektor. Jag fick svar i andra änden, så jag berättade vem jag var och att vi ville ha listor över samtliga elever och skolpersonal så fort det gick. Den manlige rektorn började ställa frågor kring min begäran så jag sa: "Tack, då kommer vi om en timme." Så la jag på.

David tittade frågande på mig om jag ville ha den andra mazarinen. Jag ruskade på huvudet och fick händerna runt min kopp det stod KIM på med stora röda bokstäver.

"Sovit gott?" Kåkå kom in med sin egen namnmärkta kopp i näven och slog sig ner bredvid mig.

"Ja, tills jag blev väckt", sa jag.

Han skrattade lågt. "Ni missade inget viktigt på mötet i alla fall. Men grovbuset får hålla sig i skinnet ett tag nu så jag slipper ringa in Frohm och Larsson."

"Ja, de behöver verkligen sin semester", sa jag.

"Det gör de." Han tog en liten mun kaffe innan han sa: "Jag
kikade klart vid ladan igår, och butiksbesöken drar igång igen om
nån timme, så pip till om jag behövs nåt på skolan."
David fick något roat i blicken. "Ja, du får gärna ta Källarn åt
mig efter tre. Prata med en Lasse som har hand om fotorummet.
Tvillingarna har barngympa, så bra om jag kan ta dem."
"Och jag vill simma, så du kan ta det alldeles själv om du vill."
Kåkå gav mig en undrande blick med de gråblå och jag flinade
brett.
"Jaha, ni driver med mig", konstaterade han. "Vad har männis-
kan sagt?"
Jag höjde på ögonbrynen åt Kåkå. "Människan? Jag fick för mig
att hon är ett ex."
Kåkå såg bitter ut. "Det är hon också."
David rätade på sig i kontorsstolen. "Vi åker till skolan om en
stund och efter lunch ska vi till föräldrarna."
"Vi har ringt in kristeamet så de är på gång." Kåkå svepte kaffet.
"Och nu ska jag gå och köpa frukost så hjärnan vaknar." Han
traskade iväg.
Och vi skrev in det lilla vi fått vetskap om under gårdagen och
kikade sedan igenom övriga pågående ärenden. Det resulterade i
att vi fick ringa och omboka några mindre akuta ärenden, men
sen blev det dags att åka.

Den femtioåriga och skallige rektorn, Nils Karlsson, var en ilsk-
en person. "Man hittade ett lik tre kilometer från mitt hem igår,
och jag fattar att det var han och jag har rätt att få veta vad som
hänt honom!"
Det med tre kilometer från hans hem var något jag raskt lade till
i komihågarkivet.
"Vi kan i nuläget inte säga så mycket mer än att pojken är död
och att kristeamet är på väg."
Rektorn fick ilsket fram elevlistorna. "Jag har inte hunnit kopi-
era. Apparaten står i hallen."
David tog listorna och gick ut till kopiatorn.

”Vi vill prata med hans lärare. Är alla här?”

Rektorn stirrade på mig med klarblåa ögon. ”Ser jag ut som en närvarolista, eller?!”

Jag svalde ilskan som började pyra i magen. ”Nej, men du vet kanske nån som har hand om den?”

Han slet upp den trådlösa luren och slog ett snabbnummer. ”Ta in listan på dagens arbetande.” Han lyssnade och såg strax ännu argare ut. ”Inte konstigt ungarna klagar på lärarlösa lektioner!” Han slängde ner luren på skrivbordet. ”Ni får leta reda på dem.” Han gick till den proppade hyllan som fyllde väggen till vänster om mig, och tog ner två pärmar. Ur den ena fick han fram flera scheman och ur den andra en telefonlista på anställda. Han räckte mig papperna. ”Kopiera.”

Jag gick ut till David som just fick hjälp av en kvinna att knappa in en kod. Kopiatorn började arbeta och jag räckte David papperna. Snart var vi klara och jag lämnade in originalpapperna till rektorn som skällde på någon i telefonen.

Vi frågade vår kopieringshjälp om något rum vi kunde sitta i men hon skrattade trött och försvann ut genom ytterdörren. Så vi traskade tillbaka till vår civilbil, en svart Volvo, och satte oss i den.

”Vet du att vi har jobbat ihop i fem år idag?”

Jag tittade förvånat på David. ”Neej? Har vi?”

Han hade en road min i ansiktet. ”Jag trodde du skulle komma ihåg det när vi pratade om Anita igår, men det gjorde du inte.”

”Då fyller Jens år idag”, kom jag på.

”Det hade jag däremot glömt”, erkände David.

”Leta reda på Mattias Bergs schema.”

David bläddrade bland kopiorna och fick snart fram rätt schema. ”Vet du att de har sjätteklassare här också?”

”Jaså? Nej.” Jag tog schemat och läste för David: ”Matte och samhällskunskap, BML.”

David kollade i personallistan. ”Britt-Marie Lind.”

Jag skrev och sa: ”Svenska och faktiskt också engelska, UG.”
”Urban Green.”

Jag skrev och kvävde ett skratt innan jag sa: ”Idh, gympa alltså, JFK.”

David tittade i listan. "John-Filip Karlsson."

Jag skrev och sa: "Historia, LM. Samma lärare i religion och bl, vad det nu är."

"Lars Matsson."

Jag skrev och sa: "Biologi och kemi, BK, lustigt nog."

David gav mig en road blick. "Bo Kumlin."

Jag skrev men kikade sedan upp på David igen. "De har ingen fysik."

"Det kommer nästa termin."

"Ja, just ja."

"Det räcker med de fem så länge. Vi börjar med mentorn."

"Vem är det då?"

"Vi får fråga rektorn."

"Jag går *inte* tillbaka till Pysslingen", sa jag bestämt.

David såg road ut. "Britt-Marie Lind, mattelärarn."

Vi klev ur bilen och några solstrålar försökte värma upp i decemberkylan. Till min förvåning gick David raka vägen till rätt hus och han gav mig en blandad blick när han öppnade dörren. "Även jag har varit ung en gång i tiden."

"Du låter som du är trettio år äldre än mig, inte fyra." Jag följde efter den fyrtiotvåårige David in i den tysta korridoren. Han gick före till en stentrappa som vi tog oss upp för en våning, och strax bankade han på rätt dörr.

En högst sönderstressad och irriterad kvinna i femtioårsåldern fick dörren att fara upp. "Ja?!"

David visade sitt polis-id. "David Hellman, Polisen. Vi vill prata lite med dig." David utelämnade *kriminal* med flit.

Britt-Marie Lind såg rädd ut i två sekunder innan hon gav mig en frågande blick med sina mörkblå.

"Kim Larsen. Också Polis."

Hon gav mig en lätt förvirrad blick och rättade till det ostyriga bruna håret innan hon vände sig in till klassen som inte längre satt tyst. "Snart tillbaka, och inte ett *pip*!" Hon drog igen dörren och kikade runt bland de andra dörrarna. "Vi sitter här", sa hon och gick till dörren mittemot.

Rummet som var litet som en skrubb var fullt med böcker och skolmaterial men tom på folk. Hon visade oss att sitta ner vid ett mindre bord. Innan jag lyckats trycka ner häcken i trängslet frågade hon: "Vad har hänt nu då?"

David som genom ett mirakel kom ner på stolen i det trånga utrymmet gav henne en oläslig blick. "Vi vill meddela att er elev Mattias Berg har hittats död."

Hennes blick gick fram och tillbaka mellan mig och David. "Har han?" sa hon förvånat. "Men vad tråkigt. Vad har hänt?"

"Vi kan inte lämna några detaljer, men vi vill gärna veta vad du har att säga om pojken."

Hon gav David en blick blandat av stress, rädsla och förvirring. "Inte mycket. Tyst, duktig i alla ämnen utom gympan som han vägrar, vägrade, delta i. Han hade stort intresse för fotografering men vad han fotade vet jag inte. Ni kan prata med bildläraren, Lars Matsson."

Polletterna trillade ner i våra huvuden.

"Samma Lars som jobbar på fritidsgården?" frågade David.

"Ja, han är jätteduktig. Titta i aulan, fler förstoringar hänger där."

"Om vi hinner", sa David. "Hur hade han det med vänner?"

"Inga alls."

"Fabian då?"

Hon ruskade på huvudet. "De var tydligen bästa vänner i sexan men när de kom tillbaka efter sommarlovet sa de inte halv sju till varandra. Varför vet jag inte."

"Enligt My Persson träffades de ibland på fritiden", sa jag.

"Inget jag vet något om."

"Är Fabian här?"

Hon skrattade ironiskt. "Kolla bakom matsalen. Han kommer in till matten när snön faller."

"Så han har haft moppe länge?" undrade David.

"Sen sjuan. Inget vi kunde göra nåt åt."

Jo, det kunde ni, tänkte jag men sa: "Då tackar vi för pratstunden. Ett team är på väg, men vore bra om eleverna får veta detta från rektorn och inte från skvaller i korridoren."

"Självklart. Usch vad tråkigt det blev."

Och som på given signal gick rastklockorna igång. Stolar skrapade både över, under och bredvid oss, och ute i korridoren klampade en hjord elefanter ner för trappan. Det drogs något mellan stängerna på trappräcket och det lät bedrövligt.

”Fan också.” Britt-Marie Lind for ut i korridoren. ”Glöm inte läxan till torsdag! Sidorna står på tavlan!” gapade hon efter sina flyende elever som genast protesterade med svordomar och några höga burop.

Hon ursäktade sig och skyndade iväg, men jag och David satt kvar tills det tystnat i korridoren. Sen gick vi ut och tog oss förbi sjuhundra stökiga tonåringar på skolgården innan vi kom till baksidan av matsalen.

Fem moppar tävlade om vem som kunde göra snyggast däckcirkel på asfalten. Grabbarna var för upptagna med den roliga sysslan för att märka oss så vi stod och tittade på dem en stund. När en av dem ansåg sig ha vunnit stannade de upp och varvade de trimmade mopederna. Så fick en av dem syn på oss och försvann i ett rykande och avgasstinkande moln. De andra såg på Davids min att det inte var någon idé att haka på kompisen, så de stängde av oväsendet.

En av grabbarna drog av sig hjälmen och blont fett hår spretade. Han flinade stort. ”Och vad vill Länsman då?”

Jag försökte dölja skrattet som kittlade i bröstet. ”Fabian?”

Den flinade blondinen nickade åt grabben mittemot.

Grabben drog av sig hjälmen och brunt hår spretade på denne. ”Ja.”

”Stick”, sa David till de andra grabbarna som genast lydde.

När vi kunde se varandra igen efter att avgasmolnet lättat, gick vi fram till Fabian. Jag tänkte det var bäst att sköta snacket så inte David skrämde iväg pojkstackaren. ”Hej, Fabian. Vi heter Kim och David och kommer från Polisen. Vi vill bara ställa några frågor om Mattias.”

Han satte hjälmen på styret. ”Jaha.”

”När träffade du honom senast?”

Fabian tittade upp. Så startade han mopeden och lämnade oss i ett nytt avgasmoln. Hjälmen rullade fram till mina fötter och jag tog upp den.
David tittade på mig och jag visste att han sett samma sak som jag: Blicken hos ett barn som mår väldigt dåligt.

3

”Vi kollar om han åker hem.” David fick fart på benen och jag halvsprang efter honom med hjälmen i näven. Vi höll oss till utsidan av skolhusen för att inte väcka nyfikenheten hos tonåringarna, och snart hoppade vi in i civilbilen.

David startade motorn och jag la ner hjälmen vid fötterna innan jag letade fram elevlistorna. Strax kunde jag säga adressen och tre minuter senare hade vi parkerat och gick in i porten. Han bodde på andra våningen och vi tog oss dit.

David lyssnade utanför dörren och ringde på, men det var helt tyst därinne. Vi var nog först. Och mycket riktigt, ljudet av mopeden nådde snart våra öron. Den tystnade och strax hördes snabba steg i trappan. Han hann ända fram till dörren innan han fick syn på oss.

David tog ett kliv så han kom bakom Fabian.

Fabian suckade. ”Jag vill inte prata om Mattias.”

Jag räckte honom hjälmen. ”Du tappa den.”

Han tog den. ”Tack”, sa han lågt.

”Vi vill bara veta vad Mattias gör när han inte är i skolan”, sa David.

Jag förvånades över att David var så mild på rösten. Det var högst ovanligt.

Fabian tittade ner på hjälmen. ”Han bara håller på med sin jävla kamera.”

”Träffade du honom något i helgen?” frågade jag.

Fabian tittade upp på mig med en tom blick i de ljusblå. ”Nej.”

”Jo, det gjorde du”, konstaterade jag.

Han snörvlade lätt till men drog efter luft för att inte börja gråta.

”Varför säger ni inte att han är död?”

”Hur vet du att han är det?” undrade David, nu lite vaksam i blicken.

Tårar trängde fram i Fabians ögon. ”För vi träffades i lördags-kväll och vi skulle ses igen efter middan i söndags. Men han kom inte.”
Jag och David ögonkommunicerade några sekunder. ”Det är okej, Fabian.” Jag tog fram ett visitkort. ”Har du nåt du vill berä-tta kan du ringa oss på de här numren.”
Han tog det efter viss tvekan.
”Dina föräldrar är välkomna att ringa om de har nåra frågor om vårt samtal med dig.”
Fabian fnös.
”Åk tillbaka till skolan, de går snart ut med vad som har hänt.”
Han snyftade och nickade. ”Okej.”
”Hej då”, sa jag. ”Och kör försiktigt.”
Tillbaka i bilen satt vi tysta en stund. Mina tankar vandrade till pojkarna som före ett sommarlov varit bästa vänner. Var det en enkel hobby som särat på dem?
David startade bilen. ”Vi tar en kaffe innan vi fortsätter.”

En kopp kaffe och två arraksbollar senare nickade David mot skolan som var vår utsikt från caféfönstret. ”Viktor skulle egent-ligen gå där.”
Jag höjde på ögonbrynen.
”Han gick ju om ettan så han kommer dit nästa höst.”
Jag flinade. ”Och nu funderar du på att hastigt flytta?”
David ryckte lätt till, vilket förvånade mig. ”Flytta?”
”Byta stad för att slippa skolan.”
Han lutade sig tillbaka med en suck. ”Typ.”
”Lars Matsson?”
David nickade. ”Lika bra. Vi måste få grepp om vem grabben egentligen var. Men sen ska vi ta lunch.”
Det hade jag räknat ut alldeles själv. Jag skulle just säga det då min mobil började surra i bröstfickan på jackan. Jag fiskade upp den och svarade. Det var Stina, min granne och rasthjälp. Tim hade klivit på en glasbit och hade ont. Jag sa vi skulle kika förbi om vi hann. Blev det akut skulle hon höra av sig.

”Ungar eller hundar, alltid är det nåt.”

Jag gav David en road blick. ”Ni har större bekymmer med ungarna än vad jag har med Tim.” Jag kom på fötter. ”Dags att gå till skolan.”

David rös av någon anledning till och reste sig upp. Så traskade vi över gatan och in på skolgården som var tom.

Lars Matsson befann sig i lärarrummet. Den gråhårige historia, bild och religionsläraren var yngre än håret ville påskina. Eller så levde han ett förbaskat sunt liv. Ansiktet sa att han inte var en dag över fyrtio och de ljusblåa ögonen glittrade av energi. Han tog oss genast ner till Källarn, vilket vi gladdes åt för då slapp vi komma tillbaka senare.

Han låste upp till fotorummet och tände taklampan. Rummet var inrett med flera kameror på stativ och det fanns vägghyllor med många olika kameror. Till vänster om oss stod ett skrivbord med en dator på, och vid sidan av skrivbordet stod en skrivare inträngd. En dörr fanns rakt fram och på den var det målat med stora vita bokstäver: Mörkrum! Öppna INTE dörren! Och någon hade någon gång roat sig med att klottra till med spretande blyertsbokstäver under: *för heeelveete!!!*

Jag tog ett djupt andetag och berättade att Mattias tyvärr hittats död. Lars Matsson satte sig på stolen vid datorn och hans ansikte talade om att han just drabbats av sorg. Vi beklagade den dåliga nyheten och undrade om han ville berätta lite för oss om Mattias. Lars ansikte sken faktiskt upp igen och han sa: ”Han älskade att plåta. Alla sa jämt att Matte inte snackade nåt. Jojo, här inne babblade han på för fullt.”

”Om?” undrade David.

”Bilder han tar, tog, bilder han ville ta, om vår alldeles egen naturfotograf, Klum, kameror, ja allt.”

”Fabian?”

Lars höjde på ögonbrynen åt David. ”Fabian? Vilken Fabian? Jaså Fabbe! Nej, varför skulle han göra det?”

Något med denne lärare och fotograf stämde inte. Jag visste bara inte vad.

"De var vänner", sa David.

"Det visste jag inte." Han såg uppriktigt förvånad ut. "De umgicks aldrig här i alla fall."

"Har du Mattias foton nånstans?"

"Nej. Han plåtade mest digitalt och det han inte printade ut tog han bort."

Jag kände Davids blick mot min kind så jag frågade: "Skulle vi kunna låna datorn ett par dagar?"

Lars Matssons ögon irrade mellan mig och David. "Varför det?"

"Vi vill gärna se vad han har fotat för nåt", sa jag. "Det kanske kan hjälpa oss i vårt arbete."

"Som jag sa, han tog bort det han inte printat ut."

"Vi har en kollega som är suverän på att hitta sånt som är borttaget", sa jag.

"Jaså, vad bra. Ta datorn ni. Men…" Han skrattade till. "… hittar ni nakna tjejer i den är det inte mina plåtar." Han kopplade ur burken och David gick iväg med den.

"Hur många har du som fotar?" undrade jag.

"Antalet har jag inte i huvudet. Under skoltid får ju alla som har bild plåta."

"Vilka var här samtidigt med Mattias?"

"Under lektionstid varierar ju antalet men det var inga han brydde sig om att prata med eller så. Kvällstid var han oftast själv."

"Oftast?"

Lars nickade. "Ibland var nån annan här men alla höll på med sitt." Han rynkade de gråa ögonbrynen. "Kan något på datorn försvinna när ni håller på?"

Jag ruskade på huvudet. "Allt läggs över på en extern hårddisk."

"Bra."

Jag gav honom ett visitkort och tackade för oss. Så tog jag mig till trappan och knatade upp för den.

En lång svarthårig grabb med finnigt ansikte satt på ena räcket och hade fötterna på det andra så han blockerade vägen.

"Ner med styltorna", sa jag bestämt och fortsatte gå.

Han flinade men gjorde ingen ansats till att dra ner benen.

Jag stannade en centimeter från benen och han gav mig en stöddig blick med isblå ögon.

Jag gav honom en lång blick och kunde strax gå förbi.

"Huuuua!" sa han bakom min rygg, och några kompisar som stod i korridoren skrattade högt.

4

Efter en timmes lunch på stationen åkte vi till Julia Berg. De hade just kommit tillbaka från Rättsmedicin så vi fick stå och titta på två sörjande föräldrar en stund. När jag fixat te åt alla och vi kommit ner vid bordet fick vi frågan om varför de hade varit tvungna att lämna dna. David förklarade att de hade starka alibin men deras dna måste hjälpa till att ta bort de som var ointressanta i utredningen. När deras tårar torkats bort och näsorna snutits kunde vi börja prata om Mattias.

Han hade varit tystlåten. Faktiskt sen sommaren efter sexan. Ja, det var då hans intresse för fotografering kommit igång ordentligt. Nej, de visste inte varför han och Fabian slutat umgås. Jo, Fabian hade dykt upp ibland. Senast i lördags. Förhållande? Absolut inte. Vänner eller aktiviteter utanför skolan? Julia Berg ruskade på huvudet. Nej, han hade bara fotograferingen och den pysslade han med själv om han inte var i skolan. Någon vuxen utanför skolan han brukade träffa? Nej.

Fick vi titta i hans rum? Oja. Vi gick dit men det enda vi kunde konstatera var att ingen dator fanns och att han varit kär i klasskamraten My. Det förstod vi av att han hade några foton hon var med på. Vi skulle behöva prata med flickan igen, för hon hade varit väl medveten om att hon fotats.

Det konstiga med rummet var att det inte fanns något att lyssna på musik med, eller för att kunna gå ut på Internet. Vi frågade Julia Berg om hans mobiltelefon. Det var fel dag att fråga på, upptäckte vi. Hon fick hulkande ur sig att om Mattias haft en mobil kunde han ha ringt efter hjälp. Det slutade med att David fick avbryta ett gräl om pengar mellan föräldrarna. När de väl lugnat sig var vi bara tvungna att ta rast ifrån allt, så vi rattade hem till mig så jag fick kolla Tims tass.

Hade han ont så gick det i alla fall över i samma sekund jag öppnade dörren.

Stina hade hört oss från sin lägenhet och kom ut i trapphuset. Hennes kortklippta blonda hår var i oreda så jag förstod att hon varit i viloläge.

"Han verkar inte ha ont", sa jag.

Stina som haft blicken på David någonstans bakom mig, himlade med de bruna. "Han är nog sällskapssjuk. Han haltade jättemycket när jag kikade in för en kvart sen."

Jag skrattade lågt. "Ja. Vi ska snart iväg igen men han talar väl om om det är nåt."

"Jadå." Stina vände sin unga men värkande kropp mot sin hall. "Det borde vara förbjudet att vara så där snygg."

"Ja", höll jag med om och stängde dörren. När jag vände mig om krockade jag med David som tydligen stod bakom min rygg.

Jag tog hastigt ett steg bakåt och David gav mig en blandad blick innan han gick före in i vardagsrummet. Han granskade min senaste plansch som satt över den benvita soffan: Gladiator, Russel Crowe. "Ny pojkvän igen?"

"Japp. Ombyte förnöjer."

Vi gick till köket där frukosten stod kvar på bänken.

Jag suckade högt. "Helvete."

David skrattade lågt och fick näven runt kaffekannan. Medan jag kastade den nya osten för över fyrtio spänn och smörpaketet som tack och lov bara varit halvfullt, fixade David med van hand kaffet. Innan han hann fråga la jag fram en påse bullar på bordet.

Tim hörde prasslet från påsen och kom lufsande.

David placerade sig vid mitt vita runda köksbord och fiskade upp mobilen.

Jag kom ner på en egen stol och gav honom en undrande blick.

"Jens." Han knappade fram Jens och när Jens svarade tryckte han på högtalaren.

Det hostades i mobilen. "Tjena, David."

"Grattis på trettitvåårsdan!" tjoade vi.

"Tackar." Han snöt sig ljudligt. "Kul födelsedag."

Vi skrattade lågt åt Jens.

"Orkar du komma in imorrn?" undrade David.

"Om jag behövs så."

"Annars får jag försöka själv", hotade jag.

"Nej för fan. Vad är det för nåt?"

"Dator." David fick ett flin i ansiktet för han visste vad Jens skulle säga.

"Jag kommer bums."

"Ligg kvar du", sa jag. "Sov som en bebis så ses vi imorrn."

Han hostade. "Jo, ska försöka."

"Mors", sa vi och David tryckte bort Jens.

Jag hällde upp varsin kopp kaffe och slog mig ner igen. Jag tyckte synd om Tim efter glasbiten så han fick en bullbit.

David tittade förvånat på mig och frågade sedan: "Vad tror du om Mattias Berg?"

Jag ryckte på axlarna och tog en tugga.

"Varför ingen musik? Till och med Kajsa och Putte har egen cd-spelare på rummet. Och inte Facebook eller nåt. Det är ju ovanligt i den åldern."

Jag svalde. "Han kanske helt enkelt inte gillade musik. Och han var ju inte social. Sen hade ju mamman dåligt med pengar också."

David tog några klunkar kaffe och jag noterade snopet att han inte rört bullarna. "Men av grälet fattade jag att pappan sagt till grabben att han kunde be om pengar om han behövde."

"Och femtonåringar behöver mycket pengar. Men han kanske inte ville såra mamman?" Jag tryckte in resten av bullen.

"Så kan det ju vara. Han fotade på fritiden. Jag såg ingen kamera."

Jag svarade med full mun. "Inte jag heller."

"Jag kan aldrig tänka mig att skolan lånade ut…" David fick upp mobilen. "Har du mamma Bergs nummer?"

Jag ruskade på huvudet.

David ringde vår avdelning som fick leta reda på det. Vi fick förutom numret också veta att teamet var på väg till skolan nu.

David slog numret till Julia Berg och frågade om Mattias hade
någon kamera. David tittade på mig när hon svarade. Så tackade
han henne med blicken kvar på mig. Han kikade snabbt till på
mobilen och stängde av den. Så kom de blå på mig igen. "Han
hade en digitalkamera han fick i femtonårspresent. En rätt dyr
sådan. Hon har ingen aning om var den är. Sören", kom han på
själv innan jag hann öppna munnen. Så ringde han Tekniska. Ef-
ter ett kort samtal med Sören Sund kunde han säga: "Ingen kam-
era i ladan."
Jag tömde koppen. "Ska vi?"
"Japp." David kom på fötter och fick in en bulle i munnen innan
han lämnade köket.

"Jaaay Efff Kaaayyy? Han är inne i killarnas." Den trådsmala fli-
ckan småsprang till sitt eget omklädningsrum.
Jag ryckte på axlarna och slog mig ner på bänken, och David su-
ckade lågt och gjorde det jag inte fick göra.
Den speciella svettlukten som finns i alla gymnastiksalar killade i
näsan och jag kom på mig själv med att rynka på den. Det var
lite märkligt, tänkte jag. Jag hatade gymnastiken i skolan. Nu
simmade jag tre dagar i veckan och styrketränade och sprang när
jag ansåg det behövdes.
Jag tittade bort mot de förbannade plintarna jag aldrig lyckats ta
mig över. Klasskompisarna hade *flugit* över dem, jag hade tvärni-
tat istället för att ta sats.
Blicken gick upp till ringarna som hängde i repen från taket. I
dem skulle man klättra, svinga och fan vet allt. Jag hade vägrat.
Jag undrade stilla var i skollagen det stod att ingen elev tillåts
vara höjdrädd.
David kom ut ifrån omklädningsrummet och gick fram till mig.
"Han duschar."
"Tillsammans med unga pojkar?"
David gav mig en road blick. "Nej, personalen har eget omkläd-
ningsrum." Han satte sig bredvid mig och nickade mot väggen

mittemot som var klädd med ribbstolar. "Den där väggen gav mig en stukad fot."

Davids ungar är förbaskat klantiga och han åker till akuten minst en gång i halvåret med någon av dem. Jag fick genast en bild framför mig där liten David fastnat med foten mellan ribborna och hängde flaxande och skrikande upp och ner.

Jag flinade. "Ja, det ska väl vara en Hellman till att lyckas med en sån sak."

David skrattade lågt. "Din knäppgök. Jag menade inte att jag stukade den *på* väggen. Jag tappade taget och landade fel på foten."

Dörren bredvid pojkarnas gick upp och en lång vältränad man med välansat svart hår kom spänstigt emot oss. Den mörkblåa träningsoverallen var uppdragen ända upp under hakan, och när han var framme såg jag att han hade isblåa ögon. Det var något bekant med ögonen.

Han räckte mig handen. "John-Filip, Jay Ef Kay för de flesta."

Hans ansikte var också bekant. "Har vi träffats förut?" var jag tvungen att fråga.

Han skrattade till. "Har du varit runt på skolan har du nog träffat min grabb, Max. Han är en yngre kopia av mig."

Grabben som blockerat trappan. "Den där jävla snorun…" Jag tystnade hastigt och bet mig i underläppen.

Han gav mig en road blick. "Säg det du. Snorunge är bara förnamnet på min avkomma."

David som inte gillar elaka ord om barn mer än när han själv yttrar dem, harklade sig. "Vi är här angående Mattias Berg."

JFK ändrade inte en min i ansiktet men munnen sa: "Han är alltså död." Han såg våra frågande miner och fortsatte: "Det gick ut meddelande för en kvart sen att det är samling i aulan nästa lektion."

"Aha", sa jag.

"Vi har fått veta att han vägrade vara med på dina lektioner. Vet du varför?" frågade David.

JFK ruskade på huvudet. "Ingen aning. Jag snackade med grabben och han hävdade att ingen varit taskig mot honom i duschen eller nåt."

"Under gympalektionerna", sa David, "var han här eller höll han sig borta helt?"

"Helt. Han visste han skulle få streck i slutbetyget men det sket han i."

"Och Fabian? Sköter han sina lektioner?"

"Närvarande men ändå frånvarande."

"Ombytt på bänken?"

"Ja. Varför frågar du om Fabbe?"

"De var ju vänner."

Han såg förvånad ut. "Det tror jag inte."

"Jo."

"Det visste jag inte. Var det något mer? Jag lär skynda mig till aulan nu."

"Kuta iväg du. Hör av dig om du kommer på något", sa jag och gav honom ett visitkort.

Han tog kortet och skyndade iväg samtidigt som Davids mobil började spela introt till Brand News 'You won't know'. Teamet ville träffa oss hos rektorn om fem minuter. Vi gick ut och ställde oss bakom rektorsexpeditionen för David var röksugen.

David gav mig en giftpinne och strax även eld. Jag drog ner röken långt ner i lungorna och fick genast en hostattack.

Några grabbar kom gående och så fort de passerat oss sa någon med tillgjord röst: "Man får inte röka på skolgården."

Nu var det ju så att vi trott att vi *var* utanför skolgården. Vi tog våra rykande nervlugnande pinnar och skyndade till trottoaren.

När David sugit i sig halva ciggen sa han: "Nä, ska vi ta rektorn igen då?"

Jag suckade. "Ja. Har du tuggummi?"

Det hade han, så med tuggande munnar gick vi till rektorn där teamet väntade. Och rektorn började med att skälla ner oss totalt för vi tuggade tuggummi på hans skola.

Vi fick av oss jackorna och slog oss ner i våra kontorsstolar. Det hade blivit den röra på skolan vi visste skulle bli, och jag slängde upp mina kängklädda fötter på skrivbordet med en djup suck.
David gav mig en mild blick. "Hur är det med honom?"
David syftade på min farfar som bodde i min barndomsstad, Sala. Han var sjuk i prostatacancer och dessutom dement. I helgen hade han i alla fall varit någorlunda klar i knoppen. "Det går utför."
Vår kontorstelefon ringde så David svarade. Jag själv kilade iväg till toan en sväng. När jag kom tillbaka satt David och såg snopen ut. "Det var Lars Matsson. Han ville veta hur grabben dött."
"Och du sa inget."
"Nej. Men varför ringde han? Avledningsmanöver?"
"Eller uppriktigt orolig." Jag satte mig på min kontorsstol. "Sen kan man ju fundera på *vad* han oroar sig för."
"Mm. Nu skriver vi rapporterna så vi får åka hem nån gång."
"Yes", sa jag och knäppte på datorn.

När rapporterna nån timme senare var klara kom jackorna på och vi lämnade vårt rum. Då började kontorstelefonen ringa så David som var närmast gick in och svarade. Strax visade han med luren att det var till mig.
Jag gick in och David fick på högtalaren. Jag satte mig nära telefonen. "Ja, det är Kim."
En svag snyftning hördes.
"Hallå?"
David skrev ner nåt på blocket och visade mig: 'Fabian?'.
"Fabian?" frågade jag.
"Mm." Han snyftade.
"Är det jobbigt?"
"Mm."
"Vill du träffas och prata lite?"
Det rasslade till och blev tyst. Han hade lagt på.
Jag kikade på presentatören men det var skyddat nummer.

”Vänta.” David hittade elevlistorna i innerfickan och slog sedan numret hem till Fabian.

En kvinna med stressad röst svarade: ”Eva.”

David presenterade sig och talade om att hennes son sökt oss men samtalet brutits. Fabians mamma blev upprörd. Varför skulle *hennes* son ringa *polisen* för? David förklarade vad som hade hänt, och med låg röst anropade hon den helige fadern. Nej, det hade ingen berättat.

David frågade om Fabian var hemma. Nej. Vi fick Fabians mobilnummer och David avslutade samtalet efter han lämnat mitt mobilnummer till henne.

Jag slog numret till Fabians mobil men det kopplades direkt till telesvar. Jag la på. ”Jag hör av mig om han ringer.”

David hade en bestämd min i ansiktet när vi gick till bilarna. När vi sagt hej visste jag att han skulle åka runt och titta efter Fabian.

5

Jag hade fortsatt att ringa på Fabians mobilnummer några gånger under kvällen och hem en gång. Eva Lindström var inte bekymrad över att han inte hörde av sig, han kom sällan hem före tio på kvällarna. Men när jag klev in i bilen för att åka till stationen morgonen efter, ringde hon dock. Fabian hade inte kommit hem under natten. Jag frågade om de kollat med skolan men det var lite förtidigt. Jag bad om att hon och maken skulle stanna hemma så skulle vi komma så snart vi kunde. Så ringde jag David. Till min stora förvåning väckte jag honom men han skulle rappa på till Fabians adress.

Jag ringde Kåkå och talade om vart vi skulle och varför. Det hostades i bakgrunden så jag förstod att Jens redan var på plats.

Efter lite startproblem med Opeln körde jag till Fabians adress. Jag klev ur bilen när David kom. Hans hår var i oreda och jag fantiserade att jag lekt med det så det blivit så. Jag sköt hastigt bort tankarna och frågade: "Hur länge letade du?"

David som av någon anledning hade en road blick i de blå fick fram ett lätt skyldigt leende. "En timme bara."

Vi tog oss in igenom porten och traskade upp till andra våningen. En förvånansvärt liten kvinna öppnade åt oss. Hennes ljusbruna hår hängde ner till rumpan i en lång fläta, och de ljusblå ögonen gav oss oroliga blickar. Hon förklarade att maken inte kunnat stanna hemma. Han hade en alldeles för viktigt post på sitt arbete. Davids min i ansikte talade om vad han tyckte om den saken. Jag frågade om David fick kika lite i Fabians rum. Det fick han. Jag och Eva gick ut i köket och slog oss ner på varsin stol. Jag frågade om jag kunde fixa lite te eller något. Hon pillade på adventsstaken och lite torr mossa föll ner på julduken. Övriga hemmet var skinande rent, så jag blev lätt förvånad över att hon inte genast öppnade ett fönster och skakade av duken.

Ja, hon kunde ta lite te, så jag fixade det. Hon berättade att han inte dykt upp i skolan, och det hade jag inte trott heller. Fanns det några mor- eller farföräldrar han kunde vara hos? Nej. Hade han något syskon, hemma eller utflugen? Nej. Kompis? På den frågan suckade hon djupt. Hon hade ingen aning om vilka han umgicks med, mer än de som var på Källarn.

Jag räckte henne den varma koppen med te och talade om att han enligt de uppgifter vi fått aldrig var i Källarn. Och i den sekunden insåg hon att hon inte visste mycket om sin son.

Så frågade jag om sociala medier, till exempel Facebook, och det hade hon aldrig hört talas om.

David kom ut till oss i köket och gav mig en frågande blick.

Jag sa till den nu bleka Eva att vi måste gå men att hon skulle stanna hemma och höra av sig om sonen dök upp. Och med det gick vi till bilarna och tog oss till stationen.

Utanför vår avdelningsdörr sa David: "Allt var som det borde i rummet."

Jag drog kortet och slog koden innan jag öppnade. "Hoppas han bara sitter och deppar nånstans."

Vi gick in till vårt rum där vi slängde av oss jackorna.

Karin, idag iklädd blått, stack in huvudet. "Ni ska in till Kåkå."

Vi traskade bort till Kåkås rum som ligger mellan Jens lilla krypin och grupprummet. Även här, som i alla rum, är väggarna mörkgråa och stolarna, bordet och hyllorna svarta. I grupprummet hade en tidslinje ritats upp på whiteboarden, såg jag. Foton från ladan och Rättsmedicin med Mattias Berg satt på plats.

Kåkå hade de gråblå på den platta dataskärmen men kikade upp när han hörde oss. "Tjena. Hört nåt?"

Vi ruskade på skallarna.

"Misstänker ni brott?"

Jag och David tittade frågande på varandra och Kåkå sa: "Okej, vi går ut med en eftersökning."

"Oklart om han har konton på de sociala medierna", sa jag.

"Nån får kolla det." Kåkå lutade sig tillbaka i kontorsstolen. "Vi har kammat noll på de få ställen som hade öppet i söndags efter fyra. Några butiker hade dygnetruntövervakning men ingen av dem har gett nåt. Vi får med detta anta att Mattias Berg aldrig var ner i city innan han dog. Sen har inte dörrknackningarna gett nåt heller. Så, ja." Han rätade upp ryggen lite och nickade åt Jens håll. "Jens pular med datorn ni…" Han gjorde ett citationstecken med fingrarna. "… "lånade" från Källarn. Vad hotade du med?" Han gav mig en road blick.

Jag flinade. "Mig." Mitt flin försvann. "Är han skitdålig?"

"Hög feber."

Ajdå.

"Han ska till doktorn efter lunch. Ni kan kika på vad han hittat so far."

Vi gick in till Jens Anderssons lilla krypin och den ljusbrunhåriga snorkråkan satt med pappret upptryckt mot näsan. Han kikade upp från dataskärmen med glansiga mörkblå ögon. "Tjena", sa han med täppt näsa.

Jag kände lite ånger. "Stackare, orkar du verkligen?"

Han nickade. "Jadå. Var datorn Internetansluten?"

"Nej."

"Jag vill skumma igenom det som ligger synligt", sa David.

Jens fick fram en extern hårddisk. "Här."

David tog genast hårddisken och försvann in till vårt.

Jens tittade efter honom. "Han tror vi kommer att hitta nåt."

"Mm", sa jag. "Hoppas han har fel."

"Det hoppas jag med." Jens snöt sig ljudligt.

Jag lämnade Jens och hämtade kaffe innan jag gick in till vårt. Jag slog mig ner och tittade på David när han kopplade in hårddisken. Hans ansikte var sammanbitet.

"Vem misstänker du?"

David tittade upp. "Just nu; Matsson och Ekwall. Men vi har ju några kvar att snacka med också", påminde han mig.

Jag råkade vicka till koppen och skvätte kaffe över fingrarna. Jag svor lågt och gick iväg till pentryt för att svalka fingrarna med kallvatten. Tillbaka på rummet läppjade jag slött på kaffet medan David kikade på den platta skärmen. Så sa han: "Lars Matsson är faktiskt jävligt duktig. Kom och titta."

Jag satt jäkligt skönt och funderade några sekunder på att be honom koppla över sin dator till min skärm istället. Men jag insåg det gick fortare att lämnade stolen och gå runt skrivbordet istället, så det gjorde jag med viss motvilja.

David hade fått upp en tjusig vinterbild och han bläddrade vidare bland bilderna. Det mesta var natur och Lars hade fångat vyerna så de nästan såg magiska ut. Så öppnade David en ny mapp och i den fanns kyrkor och katedraler från världens alla hörn.

"Tror du han är religiös?"

David kikade upp på mig. "Nej. Ja. Fan vet."

"Det gör han säkert."

David skrattade lågt och fortsatte med nästa mapp. Den mappen bestod av semesterbilder. Inget intresserade oss mer än att Lars hustru såg ut att vara över femtio.

"Jag måste skita." David reste sig och traskade iväg till toan.

Jag tackade för upplysningen och gick ut till pentryt och diskade ur koppen. Sen tog jag en banan från fruktskålen och åt upp den innan jag gick tillbaka till vårat. David var visst trög i magen för han var kvar på toa.

Jag tog Davids kontorsstol och fortsatte bläddra vidare själv. En mapp var märkt med 'Läger'. Jag öppnade den och det var hur många foton som helst i mappen. Jag kikade på bilder tagna på flickor och pojkar i varierande åldrar. De fiskade, paddlade, byggde regnskydd, badade, grillade… Både Mattias och Fabian i yngre upplagor fanns med.

Jag började studera de vuxna som fanns i bakgrunderna. Jag kunde konstatera att Konrad Ekwall fanns med på några bilder. En kvinna fanns också med och det såg ut som Lars hustru.

David kom in i vårt rum och jag sa: "Käkat ris?"

"Mhu. Och pasta." Han slog sig ner i min stol.

Jag flinade till och kikade vidare bland lägerbilderna. Så såg jag ett bekant ansikte vid lägerelden. "När var Viktor på läger?"

David höjde på ögonbrynen. "Läger?" Han grubblade lite. "För typ två somrar sen, tror jag. Vadårå?"

"Kom hit."

David kom runt skrivbordet och tittade på skärmen och strax stirrade han på mig.

"Glöm det. Viktor skulle ha berättat om det hänt honom nåt."

David som i tankarna redan var halvvägs till Viktors skola bromsade in och parkerade vid trottoarkanten. "Ja, jo, det skulle han."

"Det verkar vara bilder från fler läger, men Konrad är med på några. Och Lars fru, tror jag."

David ville ta över sin stol så det fick han göra. Jag stod kvar och kikade när han bläddrade igenom bilderna jag redan sett. "Där", sa jag och pekade. "Jag missade honom förut."

David visslade lågt. "Jay Ef Kay. Ingen nämnde att Lars och Konrad är bekanta sen tidigare."

Jag gick runt till min kontorsstol och satte mig. "De kan ju ha träffats på lägret och sen av en slump hamnat på samma skola."

Davids min sa att han inte köpte min förklaring. Så undrade jag: "Tycker du vi ska ta ett nytt snack med My innan vi fortsätter med lärarna?"

David hann inte svara för kontorstelefonen ringde.

Jag svarade och sa strax tack och la på. "Vårt besök väntar i receptionen", sa jag snopet.

David tittade förvånat på mig. Vi hade totalt glömt bort det.

Efter lunch åkte vi till skolan där flaggan satt på halvstång. Vi hittade My som till vår glädje hade svenska. Jag talade om för magister Urban Green att vi ville prata med honom också sen. Han var snäll och släppte in oss i en tom sal där vi slog oss ner vid varsin bänk. My var helt krigsmålad och det gick knappt att se hennes bruna ögon. Det bruna håret satt i tre lustiga tofsar och hon höll den stora lila väskan hårt i händerna. "Hur dog Mattias?" frågade hon.

David var ärlig. "Vi kan inte lämna ut sådana uppgifter i nuläget, men allt talar för att han blev bragd om livet."

"Tack." My ryste lätt och tittade på mig. "Det där kristeamet som är här, de säger ju inget. "

"De är främst här för att stötta", förklarade jag.

Hon log lite lätt och blev sedan allvarlig. ”Är Fabbe försvunnen?”

”Ja, men han dyker nog upp.” Jag gav henne en mjuk blick. ”När tog Mattias kort på dig?”

My såg med ens livrädd ut.

”Du behöver inte bli rädd. Vi vet att du inte sa hela sanningen sist men hoppas du gör det nu.”

Hon suckade lågt. ”Det var på sommarlovet.”

”Var ni tillsammans?”

Hennes blick irrade mellan mig och David.

David fattade galoppen och lämnade oss.

My suckade snart lågt igen. ”Vi så att säga studerade varandras kroppar.”

Jag log lätt och hennes kinder blev knallröda.

”Jag vill inte ha nåra detaljer. Men pratade han om nåt med dig under sommaren? Nåt som kunde vara viktigt?”

Hon bet sig i läppen. ”Nej, inte mer än vanligt. Som jag sa förut, Mattias var som ett spöke.”

”Ett spöke som tog kort på dig och fingrade på din kropp.”

Hennes blick talade om att hon ville fly ut genom dörren.

”Vad är det, My?”

Hon stirrade på mig. ”Det var ju inte bara vi två.” Och med det försvann hon ut genom dörren.

David kom in med en frågande blick i ögonen.

”Hon kommer inte tillbaka”, sa jag. ”Hon och Mattias var intima.”

Hans ögonbryn åkte upp ovanligt högt. ”Sex?”

”Hon sa de studerade varandra.”

Ögonbrynen intog sin vanliga position. ”Okej. Nåt mer?”

Jag ryckte på axlarna. ”Tja, hon sa det inte bara var de två, så...”

”Ta reda på det. Jag snackar med lärarn.”

Jag traskade ut ur klassrummet och började leta efter My. En halvtimme senare var vi på väg till hennes hemadress istället, och David kunde inte rapportera några konstigheter om magister Urban Green.

My satt på trätrappan till villan hon bodde i. Bakom henne hängde en grön julkrans på dörren i rött brett band.

David stannade i bilen och jag gick fram till henne. Att hon gråtit var solklart.

"Du får blåskatarr", sa jag.

Hon drog bort snor med jackärmen. "Jag glömde nyckeln imorse."

Jag tittade ner på henne. "Var Fabian den andra?"

Hon nickade med en förvirrad blick. "Fast vi låg inte på riktigt, helt, du vet. "

Jag nickade.

Tårarna började rinna. "Det är mitt fel", snyftade hon.

"Vad är ditt fel?"

"Att Mattias dog och nu är Fabbe död." Hon började storgråta.

Jag borde ha hållit om henne eller något, men mitt problem med närhet stoppade mig. Jag stod tyst tills hon gråtit klart och då sa jag lugnt: "Om du tror att det är ditt fel måste du förklara varför."

Hon ryckte på axlarna. "Det måste ju vara det." Hon snyftade. "Först dödar Fabbe Mattias och nu har Fabbe tagit livet av sig."

Märkligt nog hade jag inte tänkt den tanken själv. "Det har vi ingen anledning att tro", sa jag.

Hon var på väg att börja gråta igen men skärpte sig. "Båda ville vara ihop med mig."

"Det kan jag tänka mig. Som det är nu vet vi att Fabian mår dåligt och det är därför vi vill få tag på honom."

My letade i sina fickor och fick fram en bit papper hon rensade näsan med. "Fabbe mår alltid dåligt. Hans pappa slår honom."

Jag nickade långsamt. "Har du sett det med egna ögon?"

"Jag gömde mig under sängen en gång för han får aldrig ta hem nån för pappan." Hon var på väg att ta till lipen igen. "Fabbe fick två slag i magen för han inte ställt in sin tallrik i diskmaskinen."

Jag blev faktiskt inte förvånad. "Var mamman hemma?"

My nickade. "Mm. Hon skrek åt honom att sluta."

Jag ville iväg men kunde inte lämna My på trappen. "När kommer nån hem?"

Hon ryckte på axlarna. "Sju, tror jag."

"Orkar du gå tillbaka till skolan?"

Hon ruskade på huvudet.

"Vad gör vi då, då? Du kan inte sitta här hela eftermiddan."

"Jag går till min storasysters jobb."

"Okej. Ring om det är nåt."

"Ja."

Jag gick till den svarta Volvon och hoppade in bredvid David. "Jag vill snacka med Kåkå."

David startade bilen och körde oss till stationen.

Kåkå satt och gäspade högljutt i sitt rum. Truten åkte igen med en smäll när han såg mig. "Var brinner det?" undrade han sedan.

"My säger hon har sett Fabians pappa slå Fabian. Hur stor är chansen att Fabian hade ihjäl Mattias?"

"Liten", sa David bakom mig. "Det krävs mycket muskler att dra upp nån till hängande ställning."

Jo, det visste jag.

"Men det är i praktiken möjligt om man tar hjälp av nåt." Kåkå gav mig en road blick. "Varifrån fick du den tanken?"

"My. Grabbarna utforskade hennes kropp samtidigt."

Kåkå höjde på de buskiga vita ögonbrynen. "Samtidigt eller *samtidigt*?"

"*Samtidigt*."

"Intressanta ungar", tyckte Kåkå. "Tror du hon vill vittna om slagen?"

"Nej. Hur kommer vi åt Fabians dna?"

"Kläder till hundförarna", sa David.

Kåkå flinade och vi kilade ner till garaget.

En timme senare var vi tillbaka på stationen med två örngott. Ett var lämnat till Tekniska och de skulle genast sätta igång med

det, och det andra var lämnat till hundpatrullen. Vi hade fått med
ett skolfoto på Fabian också som Kåkå tog hand om.
Jens hade fått penicillin hos doktorn och order att vila resten av
dagen.
Jag fick dåligt samvete.
Kåkå skickade iväg David till gymmet och mig till simhallen. Efter alldeles för några längder gav jag upp och åkte hem till Tim.

När jag sent på kvällen rastade Tim för natten kunde jag ha svurit på att någon iakttog mig från skogsdungen.

6

Jag svor en lång ramsa och David skrattade i mitt öra när han la på. Jag hade försovit mig igen. Rejält. Så rejält att det inte ens lönade sig att stressa. Förbannade höstmörker. Och drömmen hade kommit tillbaka. Fan också.

Jag ruskade av mig obehaget och funderade på väg till toan varför inte David ringt tidigare. Det hittade jag inget svar på utan hoppade in i duschen istället.

Efter frukosten fick Tim gå ut i nysnön och göra sitt och efter det kunde jag äntligen åka till stationen.

Man hade gått ut med försvinnandet och hundförarna var ute sen sena kvällen i skogarna som låg närmast Fabians hem.

Efter mötet fortsatte vi äntligen med de lärare vi ännu inte pratat med. Vi var inte klara förrän vid tvåtiden, vi hade fått leta efter två av dem på andra skolor, och pustade nu ut i vårt rum. David tyckte inte någon av dessa lärare var av intresse för stunden, och nu hade vi bara en lärare kvar att prata med, som varit sjuk idag. Vi gjorde båda två ansats till att slänga upp våra fötter i högläge när Jens joddlade inne i sitt krypin. Så vi gick dit med våra trötta fötter istället.

Jens blick pendlade ivrigt mellan oss och stannade på Kåkå som just kom in i rummet. ”Kolla.” Han vred den platta dataskärmen så vi skulle se.

Fabian och My var nakna. De befann sig i grönskan någonstans och bilderna var lekfulla. Så det var dem My antagit att jag sett.

”De var borttagna.” Jens knappade till på musen och en ny bild kom upp. ”Det här också.”

På bilden fanns en naken ljushårig pojke. Ansiktet gick inte att se för han hade baken putande mot kameran. Han lutade sig över en brun bänk som var tom, förutom en grönmålad konservburk som fungerade som ställ till saxar och små knivar. Pojken hade

två röda märken efter slag vid nedre delen av revbenen och jag
sa: "Mattias."

"Det är taget förra måndan", sa David bredvid mig.

Jag kollade på datumet och såg att det stämde.

"Var kan det vara?" undrade Kåkå bakom oss.

Jag och David ruskade på huvudena.

"Vi tar kaffe", sa Kåkå bestämt.

Karin, idag lilafärgad, stod redan i pentryt och fyllde gäspande
sin kopp. Vi satte oss snart på våra vanliga platser vid det stora
svarta rektangulära bordet i grupprummet. Jens hade redan print-
at ut fotot och fick nu upp det på whiteboarden bakom Kåkå.
Jag såg mellan de grågröna gardinerna att det börjat skymma ute.
När Kåkå fått det koffein och socker han behövt lutade han sig
tillbaka i stolen med en liten kvävd rap. "Det verkar inte som Fa-
bian Lindström har några konton på sociala medierna. Vi dyker
inte djupare i det för stunden. Jag tycker vi utgår ifrån att fotot
på Mattias Berg är taget av bildläraren. Har ni nån mer i tankar-
na?"

"Ja", sa David. "Konrad Ekwall, även han personal i Källaren.
Problemet är att vi inte vet hur han reagerade när han fick höra
att Mattias är död."

Jag suckade djupt. "Fan, vi glömde honom."

"Ja, det gjorde vi." David kikade upp på vägguret. "Vi kan ta ett
snack med honom nu. Och jag vill prata med Fabians kompis."

"Kompis?" undrade jag.

"Blonda smilfinken på moppen. Tänkte han kanske vet nåt."

"Om vi skyndar på lite. Jag ska till farfar."

"Du ska jobba in två timmar", påpekade David.

Kåkå skrattade lågt. "Ni har övertid att ta ut till midsommar."

Jag gav David en undrande blick. "Varför ringde du så sent och
väckte mig för?"

Jens började garva men fick en hostattack och Kåkå flinade. Da-
vid började vissla med blicken i taket.

Jag daskade till Davids arm. "Du försov dig du också."

Det var rätt lugnt i Källarn. Konrad Ekwall satt och spelade vändtia med några flickor. Han förstod att det var honom vi sökte och bad oss vänta tills spelet var klart. När han vunnit gick vi in till rummet bakom disken. Han var lika lång som David, såg jag. Inte lika vältränad, men säkerligen stark nog att klara uppgiften med att hissa upp pojkens döda kropp.

Anita som plockade bland godiset hejade med vaksamma och fundersamma ögon på oss när vi gick förbi.

David hade jobbminen i ansiktet när han slog sig ner på pallen och jag visste att han tog pallen med flit. Konrad skulle bli tvungen att titta uppåt under samtalet.

Konrad kom ner bredvid mig i soffan. ”Ja?”

”Du var med på ett sommarläger för två år sedan”, sa David.

Konrads ljusblå pendlade upp och ner mellan oss. ”Jaa?”

”Vilka var ledare på lägret?”

Konrad såg förbryllad ut. ”Jag, Jay Ef Kay och Lasse och Lena.”

”Kände du dem sedan tidigare?”

”Bara Lena. Vi var kollegor då.”

”Var då nånstans?”

”Mitt jobb, men nu är hon på facket istället.”

”Okej. Och Mattias?” David gav Konrad en hård blick. ”Du sa att du knappt visste vem han var.”

Konrad såg uppriktig ut. ”Det gjorde jag inte heller.”

”Han var med på lägret. Och pojken som är försvunnen också.”

Konrad såg verkligen förvånad ut. ”Var de?”

David fick fram fotona från lägret Jens printat ut innan vi åkt, och räckte honom dem.

Han tittade på fotona och sen upp på David. ”Det var som sjutton. Det hade jag ingen aning om.”

Jag insåg att han talade sanning, men Davids min var densamma när han frågade: ”Har någon talat om för dig att Mattias Berg är död?”

”Svårt att missa den nyheten, va? Så ni tror grabbens försvinnande har med Mattias död att göra?”

David svarade inte.

”Har du barn?”

David rörde inte en min.

”Det har du”, sa Konrad. ”Jag har inga egna, men jag betraktar alla barn som viktiga varelser man ska skydda och lära. Ni tror jag har skit för mig bara för jag jobbar med småbarn. Det gör inget, jag är van. De flesta mammorna pratar inte ens med mig utan betraktar mig som ett hot mot deras guldklimpar. Och tyvärr misstolkar de hela grejen när ungarna tydligt visar att de älskar att vara med mig.”

Det blev tyst i rummet och jag såg att röda ljus kommit på plats i stakarna på bordet sen vi var där sist.

Jag insåg att något måste sägas för att bryta tystnaden. ”Du har tyvärr rätt.”

Konrad såg ut att ha en inre diskussion med sig själv. Så sa han: ”Jag har inget ont att säga om Lasse. Men han tillbringade jävligt mycket tid i fotorummet med Mattias.”

”Okej”, sa David. ”Tack för samtalet.”

Konrad reste sig upp och lämnade oss utan ett ord.

Vi fick efter lite beskrivning för några tonåringar fram den blonda moppekillens namn, adress och telefonnummer.

Andreas Svensson, som bodde en bit utanför stan, fick genast fram ett flin när han öppnat ytterdörren. ”Länsman! Åker jag dit för moppen nu?”

Jag skrattade lågt. ”Nej. Har inte mamma sagt att vi var på väg?”

”Nä. Morsan!” ropade han in i hallen. ”Länsman är här!”

En blond kvinna i vår egen ålder kom ut i hallen och jag visade mitt polis-id. ”Hej, det var jag som ringde. Det här är David Hellman och jag är Kim Larsen.”

Hon skrattade till. ”Du är betydligt sötare än din namne.”

”Tackar. Vi vill som jag sa bara prata lite med Andreas om det som hänt, om det går bra.”

”Ja, visst. Gubben väntar telefonsamtal så ni kan gå in till Andreas. Vill ni ha mig med?”

”Bara om du själv så önskar”, sa David.

”Nej, det behövs inte.”

Andreas verkade nöjd med det svaret och knallade bort till en dörr som var dekorerad med en massa klistermärken. Några av dem var så gamla så de till och med var äldre än mig, såg jag.

Vi fick av oss kängorna och gick efter in till rummet där Eddie Meduza stod för underhållningen. Andreas hade slagit sig ner vid ett stökigt skrivbord och rullade nu lite fram och tillbaka med kontorsstolen. Han hade pausat ett spel på sin dator som innehöll en hel del blodsplash och avhuggna kroppsdelar.

Jag sjöng lågt med till ”Gasen i botten” och såg roat att grabben gömt några plattor starköl under sängen. Jag rättade sjungande till det mörkgröna överkastet så inte David skulle se dem.

Andreas skrattade lågt och gav mig en road blick med de ljusbruna ögonen. ”Inte trodde jag damen kunde Meduza, inte.”

Jag studerade planschen med Eddie Meduza som satt över skrivbordet. R.I.P hade Andreas skrivit på idolens mage. ”Jag lyssnade på Meduza innan du ens var påtänkt, grabben.”

Andreas flinade. ”Fanns det musik på stenåldern, då?”

”O ja”, sa jag. ”Stenkakor, du vet.”

Han skrattade lågt och fick fram en snusdosa och pulade in en portionspåse under läppen. ”Ni har inte hittat Fabbe, va?”

”Nej”, sa David. ”Vi tänkte du kanske vet var han kan vara.”

Andreas ruskade på huvudet. ”Nä. Hänger han inte här eller i plugget är, var, han med Mattias.”

”Var han ofta med Mattias?”

”Nä. Och ibland kör han bara runt.”

”Var Mattias med hit nån gång?” undrade jag.

”Nåra gånger.”

Jag insåg att inget mer fanns att hämta gällande Mattias, så jag frågade istället: ”Har du provat att ringa Fabian?”

”Nä. Jag messade att han kan höra av sig om han vill snacka.”

”Det var bra det.” Jag tittade till på David som nickade. ”Hörs han av kan du be honom ringa mig?”

Andreas stannade med kontorsstolen. ”Självklart.”

Jag började sjunga på en av Meduzas barnförbjudna, och Andreas fick fram flinet igen som såg lustigt ut när snuspåsen hängde ner över tänderna.

"Kim!" sa David. Jag hörde att han trots den arga rösten kvävde ett skratt.

Jag flinade åt Andreas. "Silver Wheels är bra."

"Jag skäms, men jag vet inte om jag har hört den. Jag tog bara låtarna med svensk text när jag bränn..." Han fick en enormt rolig min i ansiktet efter den lilla tabben.

"Du kan vara lugn, vi syr inte in dig för några brännskivor. Kolla på You tube", föreslog jag glatt och knatade efter David till hallen.

Vi tackade mamman och fick på kängorna. Så traskade vi ut till bilarna som vi parkerat utanför husets garage. Vi hade åkt våra egna eftersom jag skulle iväg, och David stannade utanför min bil när jag hoppade in. Jag kom på en sak och knäppte på skivan jag för tillfället hade i bilen. "Hör så vackert", sa jag när säckpiporna sorgset började ljuda, Clanadonia, 'Tyler's lament'.

Jag startade bilen och David, som faktiskt sneglade mot huset lite snabbt, såg lätt road ut. "Lite gnälligt men absolut tjusigt."

Jag flinade till och fick igen dörren efter två försök. Så vevade jag ner rutan och sa: "Syns imorrn."

Han gav mig en lång blick. "Kör försiktigt, det är snö på väg."

"Jadå." Jag vevade upp rutan, vred upp volymen på stereon, backade ut från garageuppfarten och fick fart på bilen.

Snöflingor började faktiskt träffa framrutan innan David ens försvunnit i backspegeln. Jag började smått ångra att jag bestämt mig för att åka till farfar.

Tankarna gick till Andreas. Hade jag haft en son hade jag velat att han var precis så. Full med rackartyg men rak och ärlig.

Jag undrade hur min egen dotter hade varit som person om hon fått födas till livet. Jag insåg att hon faktiskt skulle ha fyllt arton nu i december om hon levt idag.

Snön föll allt ymnigare och den vackra musiken kändes ända in i själen. Glimtar från drömmen blixtrade i mitt huvud. Eller minnen var väl rätta ordet för det. För det var minnen som ibland hemsökte mina drömmar. Minnen från hur mitt ofödda barn togs ifrån mig, minnen jag bara ville glömma.

Så jag ruskade av mig allt och tänkte på Konrad istället. David hade en förutfattad mening om honom. Och det hade jag också, insåg jag. Det förklarade varför jag bara stött på kvinnor de gånger jag varit på ett dagis. Och lustigt nog var det mest män jag haft att göra med när jag var i någon gymnasieskola eller högstadieskola. Var vi så misstänksamma att vi inte tillät män arbeta med barn som inte kunde berätta vad som hände dem? Jag insåg att om jag haft en kvinnlig släkting som kunnat ta hand om mig när min pappa dog, hade jag kanske inte fått växa hos farfar. Och plötsligt begrep jag varför alla mina fröknar alltid tittat så konstigt på farfar.

Jag ville krama honom bums, så jag gasade på lite mer trots halkan och snön.

7

Jag gäspade stort bredvid David.

”Tog det tid hem i snöbuset?” undrade han.

”Ja, jädrar vad slirigt det var. Var hemma halv ett.”

”Hoppas det blir lugnt idag då.”

Jag nickade och tog en klunk kaffe. Det var kolsvart. Helt klart att det var David som hade bryggt det.

Jens kom in i grupprummet och slog sig ner på sin bestämda plats mittemot mig. Kåkå kom förbi min rygg och slog sig ner på kortändan av bordet. Han slängde fram en påse på bordet som var dekorerad med söta små hjärtan och namn på godsaker.

Jag skrattade till. ”Har du öppnat eget, Kåkå?”

Kåkå gav mig en frågande blick. ”Va?”

Jag petade till påsen så han skulle se den lilla röda texten längst ner på påsens baksida. Det stod KåKå ab och Kåkå fick strax fram ett brett flin. ”Haha!”

De tre männen gjorde hastigt slut på wienerbröden och jag undrade stilla om smulorna skulle bli liggande på bordet till måndag då städet kom. Men David var strax på fötter och snart var bordet rent och fint.

Kåkå gav David en tacksam blick när han slog sig ner igen. ”Jo, fanns inget att jobba vidare på gällande repet Mattias Berg hängdes upp med. Märket finns att köpa i många butiker och fynden i övrigt är för vanliga för att kunna gälla som bevis vid eventuell rättegång.” Han kikade upp på de uniformerade som var på ingång, och tittade sedan på mig och David. ”Ni fortsätter på skolan.”

Vi nickade och lämnade mötet.

Den sista av lärarna vi hade att prata med, Bo Kumlin, visade sig vara en skojfrisk prick. Han berättade om roliga tabbar under kemilektionerna och de roliga klavertrampen han alltför ofta lyckades göra på biologilektionerna. Att han levde för skolan stod klart redan efter en minut. Han hade inget nytt att berätta om vare sig Mattias eller Fabian.

Vi kikade i listan efter övrig skolpersonalen vi ville prata med när 'You won't know' började klinga i Davids bröstficka på jackan. David svarade och det var Kåkå. Man hade hittat Fabian i ett skogsparti inte långt ifrån mitt hem. Han levde men var nerkyld och lite uttorkad.

Vi åkte upp till sjukhuset men fick inte träffa Fabian. Eva Lindström kom en kvart efter oss och David hade jämnt skägg att trösta henne. Jag kunde inte undvika att fundera på hur hans famn kändes, men skärpte mig hastigt.

Efter en timme fick Eva komma in till Fabian. Sköterskan ville att han skulle vila mellan besöken och bad oss komma tillbaka efter lunch. Vi lämnade sjukhuset och Fabians pappa som vi ännu inte träffat, hade inte dykt upp.

Vi tog vår lunch och när vi kom tillbaka till sjukhuset mötte Eva Lindström oss i korridoren. Fabian vägrade att prata.

Jag frågade om Fabians pappa kommit. Nej. Jag gav David en frågande blick och han nickade.

Jag tog med henne till anhörigrummet där endast adventsljusstakarna i fönstren lyste upp rummet. Jag slog mig ner i en skön fåtölj och bad henne sitta ner. När hon satt sig sa jag: "Vi har fått berättat att din make slår Fabian. Hade nåt sånt hänt när han försvann?"

Hon gav mig en trött blick. "Nej."

"Slår han *dig*?"

"Nej."

Det var lite oprofessionellt men jag blev faktiskt irriterad. "Varför låter du honom slå grabben då?"

"Jag vet inte", viskade hon.

"Vi kommer att prata med Fabian om misshandeln när han mår bättre. Vi kommer att göra allt för att er make ska upphöra med det. Och jag antar att det är just för misshandeln han håller sig borta när vi är i närheten."

"Ja." En tår trillade ner för hennes kind. "Han är inte ond. Han jobbar ihjäl sig."

Jag tyckte det var en jävligt dålig ursäkt och sa det också. Hon reste sig upp och lämnade rummet.

David stod kvar utanför dörren till Fabians rum. "Hon gick. Blev hon arg för nåt?"

Jag nickade och öppnade dörren till rummet.

Fabian låg i fosterställning och stirrade ut i luften. Han var kopplad till näringsdropp och var blek i ansiktet. Hans ljusblå mötte mina ögon och jag gick fram till sängen och sa: "Bra att du har kommit till rätta." Jag lyfte handen för att stryka den över hans filtklädda axel. Men så blixtrade minnena till och känslorna krigade i bröstet. Handen blev kvar i luften. "Ring mig när du vill prata igen", sa jag och lämnade snabbt rummet.

Vi gick ut till civilbilen och satte oss. David startade motorn men så gjorde han inget mer.

Jag studerade frågande hans profil. "Vad grubblar du på?"

"Var Fabians moppe är. Jay Ef Kays son. Och mörkrummet." David hittade mina ögon. "Vi var aldrig in i det."

"Vi tar det när vi lämnar tillbaka burken. Och hur tänker du om sonen, Max?"

"Går han i samma klass som de andra?"

Vi letade efter elevlistorna som tydligen hamnat i baksätet. Med ändan i vädret nådde jag dem och kom med lite bök ner på passagerarplatsen igen. Jag letade först i Mattias klass men där fanns han inte. David tog några listor och letade han också. Efter en stund kunde jag förvånat säga: "Grabben går bara i sjuan."

David skrattade lågt. "Vad gjorde han?"

"Blockerade trappan." Jag fick på mig bältet och tittade upp på Davids roade ögon. "Vi kan inte snacka med honom utan att hans far blir misstänksam."

Davids blick slutade vara road. "Jag vet. Men vi kan ta ett litet snack med Pysslingen."

Jag suckade djupt. "Okej då."

Den skallige rektorn satt faktiskt helt tyst vid sitt skrivbord i säkert en minut. Så sa han: "För att vara poliser verkar ni inte ha värst mycket bakom pannbenet."
Jag och David tittade på varandra.
"Nog för att Karlsson är ett jävligt vanligt efternamn, men jag trodde ni tog reda på sådana enkla saker som *släktskap* innan ni ställer kränkande frågor."
Jag bet mig i läppen och David sa: "Så ni är nära släkt?"
"Max är mitt barnbarn." Nils Karlsson gav oss en kall blick med de klarblå. "Och John-Filip är alltså min son."
Jag visste inte vad fan jag skulle säga. Hjärnan var nollad.
"Det var ju beklagligt att vi inte gick mer varsamt fram." David harklade sig lätt. "Men vi utreder en pojkes död och alla kring honom måste granskas."
Rektorns blick blev kall igen. "Varför ställer ni då frågan om vi misstänkt något mellan John-Filip och hans son? Max har inte haft med Mattias Berg att göra. Och vad jag vet befann sig heller aldrig Mattias på de schemalagda gymnastiklektionerna."
Vi skulle inte klara av att ta oss ur detta på ett snyggt sätt. Att JFK var son till rektorn som i sin tur bodde i närheten av ladan Mattias hittats i, fick varenda bjällra att ringa i mitt huvud.
Jag vände blicken till David.
Davids ögon pendlade hastigt mellan mina innan blicken gick till Nils Karlsson. "Då måste jag meddela att det finns misstanke om upprepade sexuella övergrepp i Mattias Bergs fall. Och som du själv sa; Mattias deltog inte i gymnastiken. Alltså vill vi utreda varför."
Nils Karlsson ställde sig upp för att med kroppsspråket be oss gå. "Att ungen bara var lat hade ni förstås inte en tanke på. Adjö."
Vi lämnade honom med hans kalla blick på våra ryggar.

Jens sniffade till och rynkade på näsan.
Kåkå var road. "Har ni tjuvrökt?"
Jag flinade och David muttrade lågt.

Utanför glasväggen hördes plötsligt barnröster och Davids familj kom traskande. David fick hastigt in ett tuggummi i munnen.

Jag såg mellan den mörkgråa lamellgardinen att de femåriga tvillingarna genast började leta efter något att busa med på de uniformerades övergivna skrivbord.

För något år sedan hade jag erbjudit mig att vara barnvakt åt terroristerna en fredagskväll när Magdas föräldrar lagt sig sjuka. *Det* enorma misstaget tänkte jag aldrig göra om.

"Visst fan", sa David. "Vi ska handla kläder."

Magda, lika vacker som alltid i sitt brunlockiga hår, kikade in i Kåkås rum. "Heej, alla! Läget?"

Kåkå gav henne en på låtsas arg blick och röt: "Och vem släppte in er utan min tillåtelse?"

Magda gömde ett av de bruna ögonen i en flirt. "Man är väl tjänis med pojkarna i receptionen."

Jens skrattade till och började hosta.

Magda plutade med de fylliga läpparna. "Är lilla gubben *förkyld?*" Vi skrattade åt Jens som rodnade lätt.

"Kiiim!" Tvillingarna Putte och Kajsa hade fått syn på mig och tog sig snabbt fram över golvet, trots de tjocka overallerna och de klumpiga vinterstövlarna. De landade med vantklädda händer på glasväggen med en duns och kikade in på oss med bruna ögon. "Var är Tim?" frågade de i munnen på varandra.

"Hemma", sa jag högt så de skulle höra. Så frågade jag med lägre röst: "Nån som dragit för i grupprummet?"

"Jävlar." David skyndade dit och drog för lamellgardinerna och stängde dörren om otrevligheterna.

Lina, Davids sexåriga rosaklädda dotter, vinkade till mig och tolvåriga Viktor gjorde någon underlig typ av scouthälsning.

Jag vinkade åt dem med fingrarna.

Magda och Kåkå pratade mat men David avbröt dem. "Nu åker vi innan de river stället." Han gav mig en blandad blick. "Hoppas vi inte behöver ses förns på måndag."

"Hoppas på du. Trevlig helg."

"Det samma." Han lämnade rummet och motade iväg barnaskaran mot avdelningsdörren.

"Åh, vad fina de blev!" Magda hade ögonen på mitt ena egentillverkade örhänge format till ett litet blomblad. "Vi ses på julafton!" Hon fick fart på benen.

"Det gör vi." Jag tittade på familjen Hellman när de tog sig ut från avdelningen. Jag vände blicken till Kåkå som av någon anledning hade en road min i ansiktet.

"Är ni sugna på pizza?" undrade Jens.

"Absolut." Kåkå hade blivit hungrig av matpratet och kom ur kontorsstolen.

Jens kilade in till sitt krypin och hämtade jackan.

"Kom igen nu, tjejen." Kåkå skyndade förbi mig med jackan i handen.

Jag velade några sekunder, sen skyndade jag efter herrarna som redan var på väg ut genom dörren.

8

Det surrade någonstans.

Jag satte mig upp i mörkret och såg mobilen lysa bredvid Tims öra. Jag fick upp den och svarade.

Någon andades snabbt.

"Hallå?"

"Han är häääär", viskade Fabian.

Jag blev klarvaken. "Vem?"

Det rasslade till och samtalet bröts.

Jag fick lite panik. Jag tryckte fram David på mobilen och ringde honom.

"Ja", sa han hest.

"Nån är hos Fabian och han är rädd."

"Lägg på."

Det gjorde jag och skyndade sedan in på toa eftersom magen inte gillat det hastiga uppvaknandet. När jag var klar hoppade jag i jeansen som hängde närmast och fick på mig en t-shirt. Jag var huttrig av oro så min gråa favoritluvtröja fick åka på. Jag gick ut till köket och tände lampan. Vägguret stod på ett och jag fixade en kopp te att lugna mig och magen med. Så surrade äntligen mobilen igen.

"Jag kommer", sa David.

Det skulle ta minst en halvtimme innan David kom, så jag satte mig vid det vita köksbordet och stirrade på de ljusgula väggarna. I något av grannhusen var det fest, och jag hörde på de höga rösterna och musiken att mina kolleger snart skulle avbryta det roliga.

Magen kurrade av hunger och oro så jag kom snart på fötter och fick fart på kaffet. En mitt i natten frukost kom fram på bordet innan jag ställde mig vid fönstret och kikade ut i natten. I de ljus-orangea skenen från gatubelysningen dalade små snöflingor stilla ner mot marken.

Davids Saab kom rullande snabbare än jag trott.

Jag vinkade åt honom och kilade ner och öppnade porten. När han fått av sig jackan och kängorna i hallen gick vi ut till köket.

"Kim, du är en ängel." Han slog sig ner och bredde genast en smörgås.

Jag hällde upp kaffe åt oss. "Har du hört nåt?"

David hade redan munnen full så han tuggade hastigt och svalde. "Nej. Och eftersom patrull inte hörts av är han nog inte kvar på sjukhuset."

Det var det jag var rädd för.

Jag kikade mig frågande omkring och upptäckte att Tim faktiskt inte vaknat trots brödpåseprassel och David. Magen kurrade högt så jag angrep frukosten.

Våra kollegor anlände mycket riktigt till grannen medan vi åt, och när jag började duka undan klingade det i Davids byxficka. Han fick upp mobilen och svarade. Så sa han: "Mm, okej, ja, ring Kåkå." Han la på och hans blick kom på mig. "Grabben är borta."

Jag sjönk ner på stolen med osten i näven. "Fan också."

"En bil är på väg till föräldrarna. Är Fabian inte där får Kåkå besluta om vi ska plocka in pappan."

"Det är inte pappan."

"Det tror inte jag heller. Men med det vi vet vill nog Kåkå följa rutinerna."

Det visste jag. "Och vad gör *vi*?"

"För stunden, inget."

"Nehej."

"Vi torkar av bordet och tar fram kortleken."

Det gjorde vi och vi spelade sedan några okoncentrerade skitgubbar. Så ringde Kåkå. Fabian var inte hemma och man skulle ta in pappan på förhör. Nej, vi behövde inte komma. Vi skulle försöka sova och inställa oss på bygget klockan åtta.

David gav mig en trött blick. "Kan jag låna soffan?"

Jag kom ur sängen och tassade förbi David som snarkade mysigt i soffan. Jag hade somnat med kläderna på och var genomsvettig. Efter en snabb dusch fick rena kläder åka på innan jag kom ut i hallen.

David hade vaknat och satt nu upp och gäspade.

"Morrn", sa jag och gick till köket för att göra en ny frukost.

Tim kom steppande och jag sa: "Fixa kaffet, jag måste ut med Tim."

Jag gick förbi David som var inne i en ny gäsp. Så fick jag på mig ytterkläderna och satte fast kopplet på Tim innan vi gick ut i kylan och mörkret. Jag kom på mig själv med att titta lite extra bland buskarna i hopp om att se Fabian sitta och smygkika på mig.

Väl tillbaka i lägenheten blev det två smörgåsar innan vi gick till Davids bil. David var inte van att skrapa rutor så jag hjälpte till. Så åkte vi till stationen där Kåkå satt och såg bekymrad ut i sin ensamhet.

Vi behöll jackorna på och slog oss ner mittemot honom med frågande miner.

"Pappan har erkänt upprepad misshandel. Han satt i taxi med flera kollegor när grabben försvann. Kommer grabben till rätta lämnar vi över ärendet till Familjevåld."

Det var givet. "Fabians kläder och mobil?"

Kåkå tittade på mig. "Grabben försvann iklädd endast en mörkblå morronrock. Mobilen låg på sängen."

"Fan", sa jag.

"Så vad gör vi nu?" undrade David.

"Inte ett skit."

Vi stirrade på Kåkå.

"Eftersom han försvann frivilligt tidigare i veckan kan vi i nuläget inte brottsrubricera försvinnandet. Men han är i alla fall anmäld försvunnen."

Alltid något, tänkte jag bittert.

Kåkå reste sig ur kontorsstolen och fick på sig jackan. "Ni kan ju åka upp till sjukan och kolla vad de hittat. Jag åker hem."

En av de luttrade gamla uniformerade, Bergströmarn, tog emot
oss. Han tog genast tillfället i akt att skoja lite när han fick syn på
mig, men idag var jag inte alls på skojhumör så jag blängde bara
på honom.
Han gav mig en mild blick med de brungröna. ”Så det var dig
grabben ringde.”
”Ja. Vad har ni hittat?”
”Här i rummet, inget utom mobilen. En av killarna förhör perso-
nalen. En dörr ut till baksidan här borta…” Han gick före och vi
stannade strax vid en dörr med en nödutgångsskylt. ”… ska vara
låst inifrån. Avtryck i snön efter nakna fötter som upphör där det
sandats.”
”Inga skoavtryck?” undrade jag.
”Nej.”
”Så för stunden ser det ut som han stack iväg frivilligt”, konsta-
terade David.
”Ja”, sa Bergströmarn. ”Men vi frågar runt, så jag hör av mig di-
rekt till er först om vi får in nåt mer.”
Vi lämnade honom och gick till Davids Saab. Så skjutsade han
hem mig innan han åkte hem till sitt.
Resten av helgen fick vi inga larm och ingen hörde av sig angåen-
de Fabian.
I mitt huvud spelades en bild upp gång på gång: Min hand som
ville stryka Fabians axel men inte kunde.

9

De blåögda och svarthåriga trettiofemåriga Andersarna Frohm och Larsson satt pigga och utvilade i grupprummet. Frohm hade trimmat håret så det var centimeterkort, men Larssons var så pass långt att det börjat locka sig. Jens såg friskare ut efter helgens vila och var inte längre röd om nosen.

Kåkå och David var i färd med att dra fallen med pojkarna, så jag slog mig tyst ner och hällde i kaffe i min kopp. Det var Lucia, så ett fat med lussebullar och pepparkakor tronade mitt på bordet. När de tog en kort paus fick Frohm och Larsson, som faktiskt är lika varandra, fram leenden och morsade.

"Välkomna tillbaka", sa jag.

"Jag ser att du sovit lika lite som jag och David i helgen", sa Kåkå till mig och fortsatte: "Fotavtrycken visar att Fabian Lindström lämnade sjukan via en nödutgång. Fabians dna fanns inte på Mattias kläder, men från någon annan vi inte hittat matchning på. De fibrer man hittade på Mattias Bergs kropp kom från hans egna kläder och vit frotté." Kåkås blick pendlade mellan mig och David. "Ni kan åka och lämna tillbaka burken. Tala om för Lars Matsson att vi hittade något som vi återkommer om. Har ni tur erkänner han rubbet och vi kan avsluta ärendet."

Dream on, tänkte jag.

Kåkå klappade med handen på en liten papperstrave. "Helgen har varit stökig så vi har bara att börja beta av högen."

Jens, Larsson och Frohm nickade.

Klassen hade redan gjort slut på vikariens nerver när vi knackade på till salen Lars Matsson skulle ha sin lektion i. Hon stirrade på oss och skrek in i klassen: "Håll käften, för helvete!"

Då tystnade det något och eleverna, varav de flesta hade glitter i håret, satte sig undrande ner.

Vikarien klev ut ifrån klassrummet och drog igen dörren med en hård smäll. "Vadå? Polisen?"

Jag undrade stilla om hennes blonda korta hår verkligen skulle spreta ut från huvudet som det gjorde, eller om det blev så efter tio minuter med en klass nior.

"Vi söker Lars Matsson. Han ska ha den här lektionen", sa David med lite ilska i rösten.

"Eftersom jag har oturen att få hans lektioner är han väl sjuk."

Jag föste iväg David innan han skulle börja gorma på vikarien.

Vi gick till rektorsexpeditionen och fick snart veta att Lars Matsson sjukanmält sig på morgonen. Vi talade om att vi hade burken med oss och att vi ville låna nycklarna till Källarn och fotorummet. Vi fick nycklarna och hämtade burken i civilbilen innan vi gick dit.

Stället var kusligt tyst och doftade annorlunda. Kanske för att en stor gran kommit på plats mellan fiket och ingången till pingisrummet. Ljusslingan hade olika blinkningar för sig så ena stunden blinkade det blått, nästa rött, och så vidare.

Jag låste upp till fotorummet och tände taklampan.

David ställde ner burken och började koppla in den, så jag gick fram till mörkrummet och låste upp dörren. Efter lite trevande med händerna hittade jag knappen och kunde tända i taket. Det tog två sekunder innan jag såg den grönmålade burken med saxar och små knivar. "Bingo", sa jag högt.

David ställde sig bredvid mig. "Det var det jag trodde."

Mina ögon kikade hastigt runt i rummet som hade allt som krävdes för framkallning. Rummet var större än jag faktiskt trott och jag pekade på en diskbänk. "Där finns vatten."

David tog ett djupt andetag. "Och vita frottéhanddukar finns säkert också, bara att ta hem och tvätta. Jag ringer Kåkå, vi har nog mordplatsen här. Fixa adressen till Matsson."

Jag knallade iväg till rektorsexpeditionen igen och knackade på hos Nils Karlsson. Jag talade om vad vi upptäckt och att vi ville ha Lars Matssons adress. Pysslingen kom av sig i sin allmänna ilska och gav mig adressen. Jag frågade om Lars hade något skåp eller så utanför Källarn. Det hade han inte, skolmaterialet förvarades öppet i lärarrummet. Där skulle jag inte hitta något, så jag knatade tillbaka till Källarn.

Granen blinkade för tillfället irriterande fort som om det var raveparty eller något i lokalen.

"Och det där betalar jag skatt för", muttrade jag när jag var framme vid dörrhålet till fotorummet.

David som satt på en stol och såg tillknäppt ut fick fram ett kort, lågt skratt. Sen reste han sig och sa: "Det finns inget av intresse här. Mörkrummet kan vi inte gå in i så vi drar vidare." Han kom ut ifrån fotorummet och låste dörren. "Vi behåller nycklarna tills de kollat avtryck och dokumenterat platsen."

Vi gick ut till civilbilen och jag tog på mig att gå tillbaka och spärra av vid dörren till fotorummet, så David fick andas lite frisk luft och begära dörrknackning i området. Väl tillbaka vid bilen skickade vi efter förstärkning till adressen som låg i ett villaområde i närheten. Så åkte vi dit och parkerade på gatan och väntade. Det visade sig att David vuxit upp bara några gator därifrån vi stod.

När de uniformerade kom gick vi på de sliriga stenplattorna fram till entrén som hade ett litet tak över sig. Jag plingade på och snart öppnades dörren.

Lars Matsson hade åldrats tio år sen vi träffats sist. Han stirrade så länge mellan David och de uniformerade som stod bakom oss att jag trodde han skulle svimma. Men så sa han lågt: "Så ni hittade det."

Det svarade David inte på. Han sa istället: "Har du barnpornografi i huset underlättar det om du erkänner det på en gång."

Han fick en besegrad blick i de ljusblå. "Ja."

David informerade sedan om att han nu skulle tas in på förhör angående mordet på Mattias Berg.

Det tog säkert tio sekunder innan det David sagt sjönk in i Lars Matsson hjärna. Sen blev det högljudda nekanden tills de uniformerade lyckats lugna honom så pass att han följde med till en av bilarna. Resten av vår grupp kom till platsen, och man kom förbi och hämtade nycklarna till Källarn.

Vi hade hittat en dator vi tagit med, så Jens petade i maten.
"Nån som vill göra mig sällskap?"
Kåkå sköt ifrån sig den halvtomma tallriken. "David och Kim sitter med. Larsson och Frohm har bokade besök."
"Visst fan", sa Larsson.
"Vi behöver skolfotokataloger", konstaterade David.
"Uniformerna får hämta det", sa Kåkå.
Jag suckade och la ner gaffeln. Inte ens sen lunch och dessutom god köttgryta, funkade en dag som denna.
David tittade på mig. "Hänger du med ut?"
Våra kollegor skrattade lätt bittert när vi tog våra brickor och gick iväg på varsin cigg.
Tio minuter senare trängde vi ihop oss i Jens lilla krypin. Han hade kopplat in Matssons burk till sin platta skärm och en tjusig solnedgång kom fram. Det fanns runt femton mappar och alla var döpta efter innehåll. Utom en. Jens valde att klicka på den först och mängder av foton på nakna barn började komma fram. Efter en snabbtitt kunde vi i alla fall utesluta yngre barn. Och flickor. Det var bara ett fåtal som ansiktena var synliga på.
"Printa ut dem man ser ansiktena på", sa David sammanbitet.
Det gjorde Jens. Så kikade vi på de andra mapparna. 'Skolan' stod det på en och Jens klickade på den. I mappen fanns fler mappar.
"Mattias", sa jag lågt.
Jens klickade på mappen.
Till vår förvåning kom bilder fram med en glad och pratande Mattias. Alla bilderna var tagna i fotorummet i Källarn. Mattias var sysselsatt med fotograferande och framkallning. Så Lars hade inte ljugit. Mattias *hade* varit pratglad i fotorummet.
"Grabben hittade nån med samma intresse", sa David. "Och han såg honom säkert som en fadersgestalt."
"Men, hörrni", sa Jens och tryckte ner mappen och fick upp nakenbilderna igen. "Titta på deras kroppar."
Det gjorde vi och jag fattade inte vad det var vi skulle se. Sen såg jag: "Inga blåmärken."

”Det var som…” David kom ur stolen. ”Vänta.” Han skyndade iväg in till Kåkå och kom strax tillbaka med denne, och den stora hög med foton vi hittat i Lars Matssons källare. Han gav oss varsin hög och alla började bläddra. Snart hade vi en liten hög med slagna pojkar på skrivbordet.

”De är fler”, sa Kåkå.

”Åtminstone ett par till”, sa David.

”Fler.” Kåkå bläddrade fram några foton från sin hög och räckte dem över skrivbordet. ”Titta hur bilderna är tagna.”

Vi trängde ihop oss och Jens skötte bläddrandet. Kåkå hade rätt, det var många skillnader på hur bilderna var tagna.

”Allt är printat på samma fotopapper”, konstaterade Jens. ”Vi får kolla med det papper som finns vid skrivaren hos Matsson. Men varifrån fick han alla bilder? Han hade ju inget Internet.”

”USB-minne”, sa jag.

”Det fanns ju inget där”, påpekade David.

”Nej, jag vet.” Jag tog upp högen med de slagna pojkarna. Det var tio foton totalt och jag tittade igenom dem. ”Vad fan…” Jag tittade igenom alla igen med de andras frågande blickar på mig. Jag gav David fotona. ”Titta.”

Han granskade bilderna och kikade snart upp på mig. ”De har blåmärkena på samma ställen som Mattias Berg.”

Kåkå räckte fram handen så David gav honom fotona. Han bläddrade igenom dem och sa: ”Det kan vara samma fotograf.” Han fick rynkor i pannan. ”Alla är ju tagna *efter* övergrepp.”

”Inget foto innehåller övergrepp”, påpekade jag.

”Precis. Och varför ha…” Kåkå gjorde ett citationstecken med fingrarna. ”… ”oskyldiga” nakenbilder på pojkar? Och där övergrepp uppenbarligen begåtts, varför ta bilder *efteråt*?”

”Som ett trevligt minne, kanske”, sa David.

”Usch”, råkade jag säga. ”Men hursomhelst kan jag inte se att något av de andra fotona är tagna i mörkrummet i Källarn.”

”Nej”, sa David. ”Och jag tror vi förutom Mattias kan utesluta Källarn helt, faktiskt.”

Vad det innebar kunde vi bara spekulera i och vi satt i egna tankar någon minut. Sen undrade Jens: ”Vem vill du ha med på förhöret?”

”David”, svarade Kåkå utan fundering.

David hade tydligen räknat med det för han rörde inte en min.

Kåkå traskade in till sitt och vi fortsatte titta på fotona som fanns i datorn. Det tog sin lilla tid men när vi var klara hade vi i alla fall inte hittat några fler nakna barn.

Den millimetersnaggade uniformerade Sammy kom och lämnade skolfotokataloger från Lars Matssons skola som gick fem år bakåt i tiden. Karin, idag iklädd mörkblått och med luciaglitter i håret, hjälpte till att jämföra ansikten tills hon gick för dagen. Då hade vi konstaterat att ingen på fotona var från den skolan.

David och Kåkå gick till förhöret och Jens, Larsson och Frohm åkte hem. Jag ville inte åka hem förrän jag hört vad de fått ut av Lars Matsson, så jag satte mig att läsa lite nyheter inom Polisen på datorn.

Telefonen inne i Kåkås rum började ringa men det brydde jag mig inte om. Det tystnade snart, men så kom signalen i vår telefon istället.

Jag fick genast onda aningar och lyfte luren. Det var samband. En kropp var hittad i en skog två mil norr om stan. Bara en kilometer ifrån ladan den döda pojken hittats i. Tekniska och rättsläkaren var kallade.

Jag frågade hest: ”Är det här också en pojke?”

Svaret fick mig att springa till bilen med ett värkande bröst och dånande öron.

10

Jag var en ren trafikfara men det brydde jag mig inte om. När jag såg blåljusen och reflexerna från patrullbilarna som stod parkerade, tvärnitade jag och bilen gled innan det tog stopp mot en snöhög.

Jag hoppade ur och sprang fram till en av de uniformerade som höll på med avspärrningen. Han kände igen mig och nickade upp till vänster där ficklampssken rörde sig i mörkret. Jag kunde inte längre springa för snön så jag pulsade på i de spår som fanns och var snart framme. Tre uniformerade höll på att spärra av och motade undan några nyfikna som tagit sig upp till platsen. Någonstans i hjärnan skrattade jag halvt hysteriskt när jag i min framfart såg att den som hittat kroppen var en gubbe med en liten tax. Så jäkla tragiskt.

Jag tog ficklampan ur näven på den som råkade stå närmast och lyste runt i snön. Strax träffade ljuset mörkblått och hjärtat slog så hårt att jag inte hörde något annat. Jag kom ner på knä i snön och lyste mot huvudet. Det bruna håret hade en stor fläck av torkat blod. Märkligt nog såg resten av håret nyduschat ut av snön och frosten.

Jag kom på något sätt runt den frusna vita pojkkroppen fast jag var kvar på knä. Att jag sabbade totalt för Tekniska fanns inte i hjärnan. Jag stannade upp och stirrade på hans frusna ansikte. Ögonlocken var stängda och något hade gnagt på underläppen.

Jag blinkade bort tårarna som börjat skymma sikten och hörde mig själv viska "Stackars barn". Min hand kom upp på hans iskalla snöiga morgonrocksklädda axel, och jag gav honom den tröst jag inte kunnat ge honom när han behövde den.

Så reste mig upp och gick tillbaka till bilen.

David kom ner bredvid mig i vårt rum. "Det är inte ditt fel."

Jag fortsatte att stirra ut genom fönstret på mörkret.

”Kim.” Han satte handen på min arm men ångrade sig hastigt
när jag vände min blick till honom.
”Åk hem”, sa jag och vände ögonen till fönstret igen.
”Okej.”
Jag såg i spegelbilden i fönstret att han kom ur stolen och fick på
sig jackan. När han var i dörrhålet sa jag: ”Jag svek honom.”
”Nej”, sa David och lämnade rummet.
Jag suckade lättat och kurade ihop mig i kontorsstolen. Egentli-
gen ville jag att David skulle stanna. Men det skulle jag aldrig be
om. Jag skulle åka hem till Tim och lägga mig bredvid hans var-
ma och trygga kropp istället. Som alltid när det var jobbigt.
Kåkå kom in bakom mig så jag vände mig suckande om.
”Här.” Han räckte mig en kopp te och slog sig ner bredvid mig.
”Du kan inte stänga David ute.”
Jag tittade på honom över koppen.
Kåkås gråblå var granskande. ”Han åkte hem men jag vet att han
hellre sitter här och pratar om saken med dig.”
Jag fnös.
”Lars Matsson har erkänt barnpornografiinnehav och sexuellt
umgänge med Mattias Berg.”
Jag höll koppen hårdare så värmen skulle lugna mina händer.
”Han säger Mattias var den enda och att det från hans sida var
kärlek.” Kåkå suckade. ”Fast den ursäkten har vi ju hört förut.”
Det hade vi.
”Och frun?” Jag tog en försiktig mun te.
Kåkå ruskade lätt på huvudet. ”Hon visste ingenting. Sjukvården
tar hand om henne.”
”Vad sa han om Mattias död?”
”Inget. Han grät.”
Jag nickade och tog en lite större klunk te. Värmen från teet fick
mig att slappna av något. ”Jag tror han säger sanning om att Mat-
tias var den första. Och jag tror han förstått vem som dödade
Mattias.”
Kåkå nickade. ”Ja. Och samma har antagligen slagit in skallen på
Fabian. Frågan är varför.”

”För att han tror Mattias berättade för Fabian om övergreppen och vem som förgrep sig på honom.”

Jag tittade upp på David som gick till sin kontorsstol och satte sig med den svarta jackan på.

Kåkå reste sig ur stolen. ”Jag måste fortsätta med mitt. Kom när ni känner er redo imorron. Natti.” Han lämnade oss.

Jag drack ur teet och magen vrålade av hunger.

David skrattade lågt. ”Jag behöver också käka. Nåt som lockar?”

Jag ställde ner koppen på skrivbordet och kurade ihop mig i kontorsstolen. ”Nej.” Jag lutade huvudet och blundade.

”Ska du inte ta av jackan om du tänker sova?”

”Nej, jag fryser.”

”Vill du att jag stannar?”

Jag kikade upp med ena ögat. ”Om du håller dig på din sida av skrivbordet så.”

David skrattade och fick upp kängorna på stolen bredvid. ”Jadå.”

”Allt pekar åt Jay Ef Kay”, sa jag lågt.

David suckade djupt. ”Andersarna är inringda.”

”Bra.”

”Men det är inte han. Jag sätter min peng på barnskötaren.”

Jag suckade djupt. ”Jag håller med om att det verkar lite väl uppenbart att två lik hittas så nära där vi snart skulle hitta kopplingar. Jag håller också med om att Ekwall varit väldigt på att rikta strålkastarna åt annat håll.”

”Men han var väldig övertygande när han berättade om hur det är att arbeta som manlig barnskötare”, fyllde David i.

”Ja.”

”Och du har vuxit upp utan kvinnor i din närhet och den du är närmast är en man.” David gäspade stort och fortsatte sedan: ”Han *var* säkert uppriktig. Men det hindrar ju inte att han har unga pojkar som hobby.”

”Nej, jag vet. Vilken jävla dag. Stackar Larsson och Frohm. Full rulle med sexuella övergrepp och mord första dagen efter semestern.” Jag rös till, kurade ihop mig och blundade.

”Mmm”, sa David.

Vi blev tysta och jag lyssnade på Davids andetag som sakta blev långsammare. Magen fortsatte dock att vråla efter mat och det hördes väldigt bra i det tysta rummet. Bilder från förr passerade envist framför ögonen och jag torkade snart bort en tår som smitit ut i ögonvrån. Jag öppnade ögonen och såg i fönsterrutan att David hade blicken på mig. Och då bestämde sig min mage för att kurra jättehögt.
”Säg till när du vill käka för jag är vrålhungrig. Jag kan tänka mig en Filet mignon bla …”
Jag bestämde mig för att jag måste lägga känslorna åt sidan och kom ur kontorsstolen. ”Jamen kom då.”
David flög upp och vi åkte till favoritrestaurangen.

11

Min Opel startade inte.

Jag ringde David som muttrade något om att skrota eländet och att han skulle hämta mig.

Glad att slippa åka buss ringde jag till verkstaden. De skrattade när de hörde det var jag igen men lovade att kika på bilen på eftermiddagen. Nästa problem: Hur skulle jag få dit den?

Jag ringde bärgningskåren som skulle hämta bilnyckeln hos Stina. Jag stod och tittade på ett foto med min kusin Johnny på, när David ringde och sa att han snart var framme. Nattens drömmar hade varit rent förjävliga. Jag satte tillbaka fotot i bokhyllan och hoppade i ytterkläderna och traskade ner till Saaben. Så åkte vi till stationen.

Jens satt inne hos sig, Larsson och Frohm var på vift och Kåkå kom just från Rättsmedicin. Han hade med sig lokalblaskan som hade feta rubriker denna tisdagsmorgon.

Karin, idag iklädd mörkgrått, tog emot tidningen. "Idag är det inte lätt att vara förälder i vår stad."

"Nej." Kåkå placerade aktern på Karins skrivbord. "Sören och Östman är överrens om att Fabian Lindström inte dog på fyndplatsen. Snön tidsbestämmer dock dumpning av kroppen inom en timme efter försvinnandet. Allt talar för att gärningsmannen tog grepp om pojkens huvud och dunkade ner det i en kantsten eller dylikt. Vi har folk letar plats i sjukhusområdet."

Vi blev tysta en kort stund. Sen undrade jag: "Är kristeam och sånt igång igen på skolan?"

Kåkå nickade. "Ja. Apropå skolan så har dörrknackningarna inte gett något än så länge. Man fann mängder med fingeravtryck i fotorummet, men övrigt finns ingen teknisk bevisning att tillgå. Matsson har alibi för fredagsnatten och är släppt tillsvidare och bor för stunden hos sin bror. Frun har kommit hem från sjukan med en väninna. Larsson och Frohm är och kollar ett alibi John-Filip Karlsson uppgett. Fadern, rektorn, har vi kunnat utesluta.”

Jag hade inte en sekund trott att Pysslingen var inblandad. Men ett bra polisarbete måste göras för det. Och då måste vi också nu upprepa vissa saker. ”Jag tänkte på My”, sa jag till David. ”Tror du hon orkar prata med oss?”

David ruskade på huvudet. ”Vi väntar till i morrn. Jag vill prata med fru Matsson.”

”Gör det ni. Jo, vi har ingen information om hur personen som tog sig in till Fabian visste var han låg. Men troligen tog sig personen sig in på avdelningen när personal gick in eller ut vid de låsta dörrarna.”

Det verkade mest troligt även i mina öron.

”Och bilderna på grabbarna man såg ansiktena på...” Kåkå lättade från Karins skrivbord. ”Jens har fixat dem så jag har satt folk på det.”

Då slapp vi åka runt till alla skolorna igen. ”Tack”, sa vi och knallade tillbaka till garaget.

Lena Matsson hade stora svarta påsar under de bruna rödgråtna ögonen. Hon såg skräckslagen ut när David sa att vi var från Kriminalpolisen. Jag hade sett anhöriga reagera så förr. De vet att den nära och kära gjort något jäkligt dumt eller otänkbart, men när de hör ordet *kriminal* komma ur Davids mun är det som att sanningen verkligen går upp för dem.

Hon släppte i alla fall in oss, och väninnan gick ut på en promenad så vi fick prata ifred. Vi tog av oss jackorna och kom ner vid köksbordet som var dukat med pepparkakor. Lena fick en mindre skrämd blick i ögonen och frågade om hon skulle sätta på kaffe. Vi tackade nej men sa att hon kunde koka det om hon ville ha själv. Hon nickade men blev kvar vid bordet.

David började med att fråga om hon varit i kontakt med Lars. Det hade hon inte. Han hade ringt hennes mobil några gånger men hon svarade inte. David talade om att vi hittat barnpornografi i hennes hem och att vi trodde Lars visste vem som dödat de två pojkarna. Så frågade han om hon hade en aning om var Lars fått fotona ifrån. Hon såg genast väldigt gammal ut. Han hade ju foton överallt. Och hon brydde sig aldrig om dem. Hon tittade på mig med sorgsen blick. "Jag har levt med Lars i trettiofem år och vi har två barn. Jag hade ingen aning."

Jag log lätt. "Har du pratat med barnen?"

Hon nickade.

"Hur gamla är de?"

"Tjugoåtta och trettio. Båda pojkar."

Jag och David råkade titta på varandra.

"Så han hade bilder på pojkar." Hon vände blicken ut genom fönstret. "Tror ni han…" Rösten svek henne.

"Nej", sa jag. "Men naturligtvis får du veta om något sådant kommer fram i utredningen. Vet du om Lars brukar använda ett USB-minne?"

"Ja." Hon gav mig en frågande blick. "Fanns det inte här?"

"Nej." Så kom jag på en sak vi totalt missat att kolla under gårdagen. Hade de ett sommarställe eller en husvagn?

Ja, en sommarstuga. Den låg vid östkusten. Ville vi dit skulle vi få nyckeln och vägbeskrivning.

David gav mig en nöjd blick och ringde Kåkå. Sen fick vi nyckeln och vägbeskrivning och tackade för oss. Väninnan hade tagit sin promenad ända till brevlådan, så hon gick in till Lena när vi hoppade in i civilbilen.

David blev hungrig under resan så vi stannade till vid en korvkiosk i en liten håla och åt. Mätta fortsatte vi sedan de sista milen till den rödmålade sommarstugan. Snön låg två decimeter hög på gången men som tur var fanns alltid en snöskyffel i skuffen på Volvon. Och eftersom David är van att skotta fick han sköta jobbet medan jag själv stod lutad mot bilen och värmde mig i decembersolen. När David flåsande ställde ner skyffeln bredvid dörren knatade jag fram till honom med nyckeln. Han låste upp och vi tog oss in. Det var bara runt fem grader varmt därinne så vi behöll jackorna på. Kängorna sparkade vi snöfria innan vi började rota runt.

Stugan hade två sovrum och en storstuga. Vi började med sovrummen men där hittade vi inget. I storstugan fanns det bara ett skåp och det innehöll bara porslin och textil. Vi gick till köket och rotade igenom lådor och skåp. Tio minuter senare var vi klara utan att ha hittat något.

Jag tittade på David. ”Bod? Båthus?”

Han gick före och låste om stugan när jag kommit ut. Vi pulsade runt hörnet och såg en röd bod. Den låg knappt synlig bakom granarna och vi hade ju inte sett den alls när vi kom. David hade ledsnat på att skotta snö och jag vägrade, så vi pulsade i snön. När vi var nästan framme såg vi att det var plogat och en lång gång med stenplattor låg synlig. Vi följde gången och kom snart fram till asfalten. Vi gick tillbaka till boden och upptäckte att det fanns ett hänglås på den. David fick fram sin lilla hjälpreda ur fickan och pillade upp hänglåset och drog bort det. Jag frös, så jag hoppade runt lite och gjorde åkarbrasor. Davids min sa att om jag skottat snö hade jag inte frusit nu. Så öppnade han dörren och vi blev stående i dörrhålet.

Någon hade verkligen försökt hitta något bland hyllorna med alla foton, kameror, böcker, lådor, mindre pappkartonger och fiskegrejer.

Jag tittade på David. ”Jahapp.”

David suckade och ringde Lena som bekräftade att det inte var de som rivit stället. Så ringde David Kåkå som vi redan räknat ut bestämde sig för att skicka ut några från Tekniska. Det var ingen idé att åka tillbaka till Uppsala för att om några timmar åka hit igen, så vad vi skulle göra resten av eftermiddagen var solklart.

Jag suckade djupt.

Sören Sund, som just fyllt fyrtio, klev ut i mörkret ifrån boden och drog av skyddsmössan. Hans blyertsfärgade hår spretade av statisk elektricitet. ”Jag har hittat många fingeravtryck så det här kan nog ge något. Resten lämnar jag över till er. Glöm inte kvar lamporna sen."

"Nejdå", sa David.

Vi klev in i boden och David tog den enda stol som fanns vid ett skrivbord.

Jag satte mig direkt på det kalla golvet och började sortera sakerna i högar. Foton av ointresse fanns det hur mycket som helst av, och efter någon timme hade vi fått ihop en liten hög med påklädda pojkar. Av kläderna att döma kunde fotona vara tjugo år gamla, och det kunde vara såväl söner som vänner till sönerna.

Det började klinga i Davids bröstficka på jackan så han fiskade upp mobilen och svarade. Jag hörde på hans röst att det var någon av döttrarna.

Rumpan hade domnat bort för länge sen och benen värkte. Jag suckade och la mig ner på golvet med blicken i taket på den vitlaserade pärlsponten. Jag hade tonerna från Davids mobil kvar i huvudet och började sjunga lågt på första versen, som uppmanar bödeln att hämta repet. Så tystnade jag hastigt och flög upp på fötter och viftade åt David att han skulle flytta på sig.

"Vänta, gumman", sa David till mobilen och reste sig upp. "Vad gör du?" frågade han mig.

"Det finns en lucka." Jag flyttade på stolen så den kom på rätt plats.

"Jag måste jobba", sa David till mobilen och la ifrån sig den på skrivbordet. "Jag når bättre." Han klev upp på stolen och fick med lite pill loss de minimala träkilar som höll luckan uppe. Luckan åkte ner och blev hängande i ett par gångjärn. David ställde sig på tå och letade runt med handen i det okända. Strax fick han ner ett brunt kuvert som han räckte mig. Han letade vidare med handen som plötsligt blev still. Han kikade ner på mig. "Jag når inte."

Jag tog några av böckerna och placerade dem under David som lyfte på en känga i taget. David försökte nå in bättre och snart hoppade han ner bredvid mig med en blå mapp i näven. Vi ställde oss vid skrivbordet och jag öppnade kuvertet först.

"Som jag trodde." David tog sin mobil och gick ut.

Jag tittade på den nakna svarthåriga mannen som besteg en pojkes bak. Han höll pojkens arm hårt, och ett rött märke vid pojkens revben skvallrade om att han nyss fått ett hårt slag.
Det här var inget jag heller ville se. Men det måste göras och jag visste jag skulle klara det bättre än David.
Jag tittade på de tio foton som fanns. Inga av pojkarnas ansikten gick att se, men jag visste det var pojkarna vi hade låg i en egen hög på stationen.
Jag hörde att David startade bilen så den skulle bli varm och lysa upp åt oss. Jag la ner fotona och öppnade den blåa mappen. Det jag först såg fick mig att sätta mig på stolen.
Lars hade fotat en väldigt vacker bild på Mattias. Mattias satt på en filt i solen med vatten glittrande bakom sig. Den våta tunna vita t-shirten satt smetad mot hans unga kropp och håret var vått och rufsigt. Han hade ett fridfullt ansikte och en lätt leende mun. Blicken i hans ögon som tittade in i kameran såg kärleksfull ut.
Jag hörde Davids steg komma närmare och flyttade fotot för att se vad som låg under. Det var en kärleksdikt.
David lutade sig mot dörrposten med armarna i kors och jag tittade på det sista Lars lagt i mappen. Det var ett foto på en yngre Mattias som satt vid lägerelden. Elden fångade det unga ansiktet i en vacker färgskimring.
David klev in och släckte ena av Tekniskas lampor. Han drog ur kontakten och virade ihop sladden.
Jag la ner fotona löst i jackfickan, och dikten fick komma in i mappen innan jag stängde den och lämnade den på skrivbordet.
”Kan du hålla?” David räckte mig lampan som jag tog. Så blev det svart. Innan ögonen vant sig hörde jag att David fick ur kontakten och ljuden talade om att han virade ihop sladden.
Jag började se igen och tog mig försiktigt ut ifrån boden. David hördes bakom mig och jag stannade för att hålla den andra lampan också så han fick på hänglåset. Lampan kom i näven och jag undrade stilla hur bra mörkerseende David hade egentligen. Snart hade han hängt på låset och jag gick med försiktiga steg mot vägen. Ena lampan gled i famnen så jag fick ta nytt grepp runt båda lamporna. Det var svårt att se gången och jag slog i benen

mot lampornas fötter hela tiden. Halt hade det blivit på stenplattorna också. Jag undrade stilla varför inte David vänt på bilen så vi fått bättre ljus. Så blev jag plötsligt totalt bländad.

”Plocka upp korten.”

Jag försökte se trots det starka skenet.

”Korten!”

David kom tätt bakom mig. ”Ge honom dem.”

Jag bökade över lamporna till ena armen och fick ner handen i fickan. Jag fingrade efter fotona och fick upp dem och räckte fram dem mot ljuset.

En hand tog dem och ljuset slocknade. Lite snabba knarr skvallrade att han försvann bortåt i snön.

David stod till min förvåning kvar bakom mig. Jag hade inte räknat med annat än att han skulle kuta förbi och jaga fotorånaren.

Jag lyssnade på Davids andetag bakom mig och ögonen började sakta se bakljusen på bilen.

”Han är borta”, sa David. ”Gå.”

”Men…”

”Gå, Kim.”

Jag fick lamporna rätt i nävarna och började gå. När asfalten kom under kängorna suckade jag lättat och gick med snabba steg den sista biten till bilen.

David öppnade skuffen och vi la ner snöskyffeln och lamporna. Sen lutade jag aktern mot bilen och väntade. David hajade vinken och snart hade jag en cigg mellan läpparna. David stod kvar framför mig med en grubblande min i ansiktet. ”*Sprang* han hem?” undrade han efter en liten stund.

Jag log trött. ”Eller så väntar han tills vi har åkt.”

”Vi borde alltid få bära våra vapen när vi är i tjänst. Får jag fimpen.”

Jag drog ett bloss och gav honom den. Så satte jag mig i bilen som blivit varm och skön. David kom in bakom ratten och fick på bältet. Så körde vi ut på asfalten och David gasade på.

Jag var tvungen att fråga: ”Var det därför du inte kutade efter?”

”Vadå?”

”För du inte hade nåt vapen?”

David tittade hastigt till på mig. ”Nä, han hade ju en pistol.”

Jag tittade förvånat på Davids profil i halvmörkret. Så trillade polletten ner: ”Ahaaa! Så det var *därför* han tog för givet att han fick alla foton.”

David ställde sig på bromsen så däcken skrek mot asfalten.

Jag tackade eventuella gudar för att vi var ensamma på vägen.

David spände sina upprörda ögon i mina lätt roade. ”Fick han inte alla bilder?!”

Jag sträckte ut benen och såg nöjd ut. ”Nää. Det är väl jävligt dumt att ge bort de enda bevis man har?”

Davids upprörda min förvandlades till ett stort flin. ”Vore jag inte rädd för att åka på stryk skulle jag fan i mig kyssa dig.” Han fick fart på bilen igen.

Jag flinade och kurade ihop mig och blundade. Och undrade hur den kyssen skulle ha smakat.

12

David hämtade mig eftersom min bil stod kvar på verkstaden. När vi kom till stationen satt till vår glada överraskning Sören Sund och Stig Östman i grupprummet. Kåkå och Jens stod flinande hos dem bredvid Karin, idag helvit, som berättade om något galet hennes man gjort när han tapetserade sovrummet.

Frohm fick fram ett flin i ansiktet när vi kom in. "Och ni hade det trevligt igår, hörde jag."

"Knappast", sa jag och satte mig.

"Sören sa ni satt och mös i bilen. Och lyssna på raaadioon."

Männen brast i skratt och Larsson garvade så prillan höll på att trilla ur läppen. Till och med David skrattade när han kom ner bredvid mig.

Karlar.

Karin lämnade oss med ett leende på läpparna.

David skärpte sig. "När vi var klara igår blev vi rånade."

Det blev knäpptyst i rummet.

Kåkå var framme vid sin plats och satte sig. "Rånade?"

Jens stol skrapad mot golvet så håret reste sig på våra huvuden. "Sorry", sa han och satte sig.

David fick fram fotot. "Men knäppgöken här brevi fattade inte att hon hade en pistol riktad mot sig, så hon behöll det här." Han skickade fotot till Kåkå.

Kåkå tog upp det. "Och ni vet vem det är."

"Ja a då", sa jag. "Konrad Ekwall."

Det mumlades lite kring bordet.

David förklarade: "Kim visste inte att hon var under hot eftersom vi var bländade av en stor ficklampa. Och det var vid tanken på hennes temperament bara bra att hon inte visste det."

"Haha", sa jag. "Du såg nog i syne. Jag har allt sett hur du sitter och kisar efter vita strecken när du kör i mörker och blir bländad vid möte."

De män i rummet som passerat fyrtio nickade igenkännande på huvudena. David hade ett uttryck i ansiktet jag faktiskt inte kunde komma fram till vad det betydde.

"Men…" Kåkå rev sig i det vita håret och lämnade det spretade på ena sidan. "Varför har vi inte plockat in han då?"

"Hade han vetat att ett foto fattades hade han kommit tillbaka eller stannat oss längst vägen", sa David.

"Och hade han egna foton i sin ägo har han garanterat redan förstört dem", fortsatte jag. "Så vi låter honom tro att han har klarat sig medan vi samlar in mer material."

Kåkå nickade och vände sedan blicken till Östman. "Stig, hade du något?"

"Ja. Vi hittade ett svart hårstrå med rot på Fabian Lindströms morgonrock. Vi får dna-svar imorrn."

"Då satsar vi på att det står Ekwall på det", sa Kåkå.

"Det är jag säker på", sa David. "Däremot är det lite oklart med Lars Matsson. Han blev intresserad av Mattias Berg redan för tre år sen. Han hävdar att Mattias är den ende han rört så vi har lite kvar där. Sen ska vi ju gå på fakta och bevis och inte spekulera, men Kim kom med en teori igår."

"När ni satt i bilen och lyssna på raaadioon?"

Märkligt nog tyckte herrarna att det var lika roligt igen och jag blängde på Frohm.

När skrattet lagt sig sa jag: "Konrad Ekwall slår sina pojkar. Lars Matsson börjar smått få intresse för det och tar foton. Om han var med på att Ekwall lekte med hans egen pojke vet vi inte, men han tog ju ett foto på honom *efteråt*."

Det nickades runt bordet.

"Fanns det förresten nån kamera hos Fabian?" undrade David.

Kåkå ruskade på huvudet.

"Vad vi vet visste inte Fabian om vem som dödade Mattias", sa Jens. "Men jag antar att Ekwall trodde det?"

Jag log bittert. "Ja, och det är vårt fel."

Kåkå såg frågande ut. "Vårt?"

"Ekwall visste inte innan vi dök upp i torsdags att de var vänner. Han trodde att grabben visste nåt eftersom han gömde sig."

Sören Sund gav mig en frågande blick med de ljusblå. ”Varför gömde han sig då?”

”Pappan”, sa jag. ”Davids teori är att allt kring Fabian handlar om Mattias kamera.”

”Och vad tror ni finns i Mattias kamera?” undrade Larsson.

”Kanske ingenting”, sa David. ”Det är just att den är borta som är intressant. Fabians pappa misshandlar Fabian. Mattias har en kamera. Han blir mördad. Fabian gömmer sig och kameran är förs…”

”My”, kom jag på i samma sekund jag sa det.

David tittade på mig och nickade. ”Mhu.”

”Så Fabian trodde alltså att hans egen pappa dödat Mattias?” sa Larsson. ”Fy fan.”

Sören och Östman kom ur stolarna. Helan och halvan, tänkte jag.

Kåkå tackade för besöket och väntade tills de lämnat grupprummet. Då berättade han att man troligen funnit platsen Fabian blivit bragd om livet. Tyvärr var det längst en mycket väl trafikerad gata alldeles utanför sjukhusområdet, med både gång och cykelbana. Om någon hade sett händelsen borde man vid det här laget ha hört av sig, men det knackades ändå dörr i närliggande hus, för säkerhets skull. De skoavtryck som blivit då var helt borta nu av trafik och vägsalt. Så frågade Kåkå: ”Årets gruppfest. Blir det hos dig, Kim?”

Den hade jag totalt glömt bort. ”Ja. Fredag sjutton noll noll. Prick.”

”Jag tar ett snack med Lars Matsson igen”, sa Kåkå. ”Ni letar reda på My. Och vad ska ni göra?” Han tittade på de två Andersarna.

Larsson och Frohm glodde på varandra.

”Ni får besöka målsmännen till de identifierade pojkarna.”

Jag och David tittade frågande på Kåkå.

”Två av grabbarna är klara. De går på olika gymnasieskolor i stan.”

”Och vart vill du ha mig?” undrade Jens.

Kåkå flinade. ”Systembolaget.”

Vi hittade My hemma med sin mamma som sällskap. Mamman lät oss prata ifred ute på trappan. My hade mått dåligt men skulle till skolan imorgon. Hon tyckte vi kunde komma på minnesstunden på fredagseftermiddagen. Vi sa att vi skulle försöka med det. Så frågade David om Mattias kamera. Hon hade den. Fabian hade gett henne den innan han försvann första gången.

Vi stod kvar ute när My gick in och hämtade den. Så kom jag på: "Mattias kan inte ha haft kameran när han sa till sin mamma att han skulle ner på stan och fota."

David tog ett djupt andetag. "De skulle säkert ses på söndagen för Mattias skulle få tillbaka den då."

Jag nickade. "Precis. Mattias dök inte upp och Fabians tankar skenar iväg och tror att pappan kanske sett Mattias med kameran."

"Man börjar leta efter Mattias och när vi sedan dyker upp spär vi på hans rädsla när han får veta att Mattias är död", fortsatte David. "Så han lämnade kameran här hos My och rymde sin väg."

"Undrar om hon har hans moppe här nånstans också."

"Det tror jag."

"Igår, tror du vi avbröt Ekwall när vi kom till Matssons sommarställe?"

David nickade lätt. "Det är den mest troliga förklaringen. Han måste ha fått vetskap om att vi plockat in Matsson, och chansade att bilderna inte fanns i hemmet utan i boden, som han antagligen besökt tidigare Han tog sig troligen in i den på samma sätt som vi eftersom hänglåset inte var brutet."

Om han inte hade en egen nyckel då, förstås. Men det trodde jag inte. Jag rös lätt när jag insåg han troligen stått och kikat på oss hela eftermiddagen.

My kom ut med kameraväskan så jag frågade om mopeden. Då kom tårarna. Den stod i garaget. Hon lovade att ringa Fabians mamma om den direkt.

Efter jag ringt Julia Berg slog jag mig ner bredvid David vid Jens dator. "Hon kan inte säga om hon såg kameraväskan eller inte. Hon höll på med disken när han gick."

David nickade tyst och kopplade kameran till datorn. Han var lika novis på det här området som jag, men snart kom bilder fram.

Det mesta Mattias fotat var djur och natur. Men några av fotona bestod av stadens sevärdheter och man såg att Lars hade varit en bra lärare. Så kom några foton fram på My och Fabian. Den här gången var de påklädda och satt med ölburkar i händerna.

Jag kikade närmare på ett foto och såg Andreas Svensson i bakgrunden. Jag insåg att Mattias inte hade varit typ ett spöke, som My uttryckt det. Han hade varit en betraktare. Den som alltid satt tyst på festen i egen hörna och insöp det roliga på håll istället för att delta. Och jag trodde han velat ha det så.

David fick fram nya foton på skärmen. De var tagna ganska nyligen och de flesta var fotade på skolan. En del under olika lektioner och en del på rasterna. Moppegänget med Andreas och Fabian fanns med och de försökte då köra på ett hjul. Alla var utan hjälm på bilderna, och David muttrade lågt när han fick fram nya bilder som var foton på skolbyggnaderna. Jag undrade stilla vad Mattias hade haft för intresse av det. Men så insåg jag att han helt enkelt bara testade nya kameran.

"Kim", sa David lågt.

Jag tittade frågande på honom.

"Titta inte på mig. Bilderna."

Jag vände blicken till skärmen igen och tittade på de foton David pekade på. "Det var som fan", sa jag. "Du hade rätt."

Mattias hade tagit foton i smyg på Fabians pappa när han slog Fabian. En knytnäve i magen, en mot vänster överarm. Bilderna var mycket riktigt tagna dagen innan Mattias dog.

"Det finns både dator och skrivare i vardagsrummet hos familjen Lindström", mindes jag. "Kanske skrev Fabian ut dem hemma, för jag såg ingen dator hos Julia."

”Det gjorde inte jag heller. Frågan är vart bilderna i så fall tog vägen. Men eftersom Fabian drog har jag en känsla av att de fanns kvar i lägenheten och Fabian trodde pappan sett dem.”

”Vi får ta reda på det”, sa jag.

David höll med. ”Jag antar att My inte visste om bilderna.”

”Nej”, sa jag. ”Och hon ville inte säga att hon hade kameran och moppen för att skydda Fabian. Tror du hon var kär i honom?”

David skrattade lågt. ”Hon var kär i båda. Och i Jay Ef Kay, och i Konrad, och i Lars, och…”

”Ja, ja. Jag vet.”

David lutade sig tillbaka i Jens kontorsstol. ”Fröken Anna.”

Jag gav David en road blick. ”Bara en?”

”Ja. Det är ni tjejer som kärar ner er i fler.”

Det kanske det var.

”Och när jag var femton, mammas kompis Linda. Vilken underbar varelse. Hon bakade världens godaste chokladbiskvier.”

”Då var du nog kär i dem och inte i henne.”

David hade en drömmande blick i de blå. ”Ja a.”

Det klirrande borta vid avdelningsdörren. Kåkå och Jens kom tillbaka så David lämnade hastigt chokladbiskviernas värld.

Jens ställde ner de tunga kassarna från systemet och försvann in på toa. Kåkå slog sig strax ner mittemot oss och de gråblå hamnade på mig. ”Du hade nästan rätt.”

Jag höjde på ögonbrynen. ”Nästan?”

”Kameran var placerad i rummen när Ekwall roade sig. Den har självutlösare…” Kåkå svalde för att inte börja skratta åt det lustiga i eländet. ”I alla fall, Matsson var aldrig med själv. Han bara beundrade bilderna, så att säga.”

”Fotot på Mattias då?” sa jag.

”*Det* har han tagit. Han kom på Ekwall i mörkrummet och kastade ut honom. *Varför* han tog fotot har han däremot inget bra svar på. Och vid tanken på hur bilden togs så, ja.” Kåkås min i ansiktet ändrades hastigt. ”Det var förresten han själv som kopierat nyckeln till Ekwall. Han träffade i alla fall grabben första gången på lägret och blev förälskad. Men han gjorde inga närmanden innan Mattias fyllt femton.”

"Och hur intresserad var Mattias?" undrade jag ironiskt.

"Det får rätten avgöra", sa Kåkå och fortsatte: "Ekwall listade ut att Matsson hade intresse för pojkar. Och nåt år efter lägret gick Matsson med i vad han kallade 'fotoklubben'."

"USB-minnet som gick från hand till hand", sa jag.

"Ja." Kåkå rätade ut de vita ögonbrynen. "Hur som helst, Matsson fixade kvällsjobbet åt Ekwall i Källarn så han lättare kunde hitta pojkar att roa sig med."

"Det var jävligt vågat", tyckte jag. "Det jobbar ju en före detta Polis där."

"Jag snackade med Anita på vägen hit. Hon kan inte minnas att hon nämnt det för Matsson. Och jobbet hon hade mellan Polisen och Källarn var på Soc. Och hon mår fan, kan jag tillägga."

Det förstod vi.

"I alla fall så ska det enligt Matsson finnas åtta vita frottéhanddukar i en låda i mörkrummet. Vi har inte hittat en enda, men med lite tur finns fibrer kvar i lådan att matcha med från Mattias."

Det lät lovande.

Jens kom ut ifrån toan och fick de tunga kassarna i nävarna igen. Han kom fram till dörrhålet till sitt rum. "Var vill du ha kassarna?"

"Hemma", sa jag. "Och eftersom jag måste hämta bilen före tolv kan du vända näsan åt andra hållet."

Jens suckade högt. "Kunde ni inte ha sagt det *lite* tidigare?"

13

Dörren var fortfarande lika svårstängd men Opeln startade i alla fall som den skulle igen. Brytarfel eller vad killen på verkstan sagt när jag hämtade bilen dagen innan. Jens blev förbannad när han såg vad det kostat när "vem som helst" kunde ha fixat det enkla felet.

Alla hade lyckats vakna och komma i tid trots det sövande duggandet, och satt med bokade besök på förmiddagen. Lagom till trefikat kom en nöjd Kåkå in på vårt rum. "Samma dna på Mattias kläder som hårstrået på Fabians morgonrock. Vi plockar in Ekwall nu."

Jag såg på Kåkås min i ansiktet att han menade *vi*, bokstavligen.

"Hur då?" undrade David som sett detsamma. "Han är på dagiset före Källarn. Och han kan ha pistolen på sig."

"Källarn är stängd idag, de ska ha julfest imorron kväll", sa Kåkå. "Anita vet han ska handla julklappar idag efter dagiset, så vi väntar ut honom hemma för att minimera riskerna."

"Förstärkning?" undrade David.

"Jens åker med mig och en bil får ha beredskap i närheten", sa Kåkå, och sa på väg ut ur rummet: "Beväpna er."

"Jo då, men det här blir ju roligt", sa jag ironiskt. Vi visste bara att Ekwall slutade på dagiset klockan fyra, och skulle han inte hem före julklappsinhandlingen kunde väntan bli lång.

David skrattade lågt bredvid mig. "Gå och köp kaffe då."

"För du vill ha ett halvt kilo godis? Glöm det."

David suckade och sänkte ner ryggstödet så han kunde halvligga i bilen. "Jag måste ju försöka."

Vi satt i egna tankar och jag hoppade till när radiotrudelutten skar i öronen. David svarade på Kåkås anrop och Kåkå talade om att de var på plats. Två sekunder senare såg jag en av våra svarta civilbilar parkera fyra bilar från Ekwalls port.

Duggandet hade upphört och temperaturen kröp under nollan. Och problemet med att sitta och spana på vintern är att det snabbt immar igen. David fick ganska snart lyfta på sin vilande rygg och starta bilen så vi fick bra sikt igen. Det hade mörknat ute och gatulamporna var tända.

Ekwall bodde i ett ganska folktätt område så det gick fler människor på trottoaren än vad jag velat. Till höger om oss fanns det dessutom ett dagis. Inte Ekwalls dagis, det låg på andra sidan stan. Men problemet med dagiset var att bilar kom och letade parkering och skymde sikten för oss.

David satte händerna bakom huvudet. ”Ser du patrullbilen?”

”Nix. De står nog nåt kvarter bort. Vad sa du att han har för bil?”

”Vit Fiesta.”

”Då kan du ta och sätta dig upp nu.”

David rätade hastigt på ryggen och vred upp stolen med blicken mot gatan. ”Redan?”

”Bakom oss.”

Och radiotrudelutten talade om att Kåkå också fått syn på den. Den vita Fiestan gled strax förbi men det var falskt alarm.

Jag suckade. ”Jag har redan domnat bort i arslet.”

”Gör nåt åt det då”, tyckte David. ”Åker han hem först är han ändå inte här förrän om en kvart.”

”Ja, ja. Vad vill du ha?”

”Ta nåt bara. Och kaffe om det finns.”

Jag drog igen kedjan på jackan och kom ur bilen. Så traskade jag med snabba fötter bort till ICA-affären som låg runt hörnet, utan att titta åt Kåkå och Jens håll.

Så fort jag kom in genom dörrarna ångrade jag mig. Affären var full av hungriga kunder och griniga ungar, och jag fick tränga mig fram tills jag hittade godishyllan. Och vad skulle passa Godisrått-an idag då? Jag beslöt mig för en tvåhundragramschokladkaka med nötter. Då skulle David kanske inte börja tjata om mat om en timme.

Så hamnade jag i kön. Fattas bara att det dyker upp en ficktjuv man får jaga nu, tänkte jag grinigt. Efter några minuter kunde jag i alla fall stoppa ner chokladkakan i fickan och gå för att hämta kaffet. Jag tryckte snart på locken ordentligt och tog sedan de heta muggarna i varsin hand. Radion drog en trudelutt och jag tog mig snabbt ut.

Jag stannade upp strax utanför dörrarna för att titta efter Ekwalls bil, medan jag samtidigt funderade på var jag kunde ställa kaffet för att svara på anropet i radion.

"Jag trodde jag skulle slippa er", sa en mansröst lågt vid mitt öra. Jag vände mig hastigt om och stirrade förvånat in i Konrad Ekwalls ljusblåa ögon.

"Jag är den reko barnskötare jag säger att jag är." Han fick fram ett konstigt leende. "Problemet är att jag gillar pojkar."

Folk blev irriterade för jag stod i vägen och några knuffade till och med till mig lite. Allt blev kaos i huvudet.

Ekwalls ansikte såg plötsligt bekymrat ut. "Mattias var ett misstag. Lars skulle fått haft han ifred."

Min hjärna krigade: Fullt med folk. Alldeles för många barn. Kokhett kaffe i händerna. Och helt klart pistolen riktad mot mig genom jackfickan.

"Han gjorde sånt förbannat motstånd bara för Lars tutat i honom att det inte var okej." Ekwall flinade till. "Innan jag krossade Fabians skalle sa han en sak."

Jag undrade i min kaosiga hjärna hur sjuk människan var egentligen.

Ekwall hade ögonen kvar på mig och väntade uppenbarligen på en reaktion. När jag inte reagerade fick han något vilt i blicken och väste: "*Kiiiim.*" Så stack han plötsligt fram sin lediga hand för att röra mig någonstans.

Jag hade kunnat hålla mig hyfsat lugn trots pistolen som var riktad mot mig, och att han ljög var uppenbart. Men att han tänkte röra mig… Jag fick upp mitt knä i hans skrev och han vrålade högt av smärta. Han hade pistolen kvar i fickan men jag såg på vinkeln att den just nu pekade nedåt. Så jag knäade honom igen. Men nu började folk runt oss backa och någon gastade om att ringa Polisen. Nackdelen med omärkta arbetskläder. De fattar inte att man faktiskt är just Polis.

Jag beslöt mig hastigt för att inte plåga Ekwalls kulor mer, så jag släppte kaffemuggarna och försökte snabbt få fram mitt tjänstevapen. Men Ekwall insåg vad jag höll på med och fick fram sin pistol som han sedan höll riktad mot mig med rak arm.

Det blev skrik och spring på folket runt oss och hans blick irrade runt i kaoset. Så släppte han sitt ömma skrev och stirrade på mig i fem sekunder. Nu skjuter han, tänkte jag. Men han fick fart på benen istället. Knuffandes tog han sig ur folksamlingen och jag gapade "Jävlar!" och fick fram min egen pistol och satte efter.

Han sprang bortåt från bostaden och jag fick handen på radion som jag skrek efter förstärkning i medan jag knuffade mig fram på trottoaren. Jag skrek till folk som kom i vägen "Polis! Ner, ner! Undan!" och så såg jag äntligen i ögonvrån den svarta civilbilen susa förbi samtidigt som David susade förbi till fots.

"Han är beväpnad!" ropade jag.

"Vet!" Davids hand letade sig in till hölstret.

Jag saktade flåsande in på stegen för att hämta andan men fick fart på benen igen. Jag kom fram lagom till Jens, Kåkå och David fick ner Ekwall på gatan. David avväpnade honom omgående och kallade på patrullbilen. Bilar tvärnitade och längre bak, där man inte såg vad som pågick, började bilarna tuta ilsket. Folket som först sprungit åt alla håll och skrikigt började med försiktiga steg närma sig oss med lätt nyfikenhet.

Kåkå och Jens fick med lite kamp Ekwall på fötter och jag gick flåsande fram till männen.

Ekwall fick en rädd blick i ögonen när han fick syn på mig. "Håll henne borta", sa han med hög röst till David.

David skrattade lågt och tittade sedan frågande på mig. "Var är mitt kaffe och godis?"

14

Jag parkerade utanför skolan och gäspade stort innan jag klev ur bilen. Det hade inte blivit mycket till sömn natten innan och det lilla jag sovit hade det varit minnesdrömmarna. Tack och lov hade vi haft mycket pappersarbete under dagen så jag kunnat hålla tankarna på annat.

Vi visste nu att Ekwall faktiskt varit inneboende ett tag i ett hus i trakten där båda pojkarna hittats. Husägaren var känd sedan tidigare hos oss, och även om Ekwall teg i frågan om var han fått pistolen ifrån, så var det rätt troligt den kommit i hans ägo under tiden han bodde i huset. Hans bil var nu på plats för teknisk undersökning, men vi visste redan att både blod och hår hittats i bagageutrymmet. Hans fingeravtryck hade gett träff från såväl Matssons bod, fotot jag behållit vid rånet och mörkrummet.

Man hade mycket riktigt hittat ett A4 papper med fotona på misshandeln i Fabians rum, där det låg gömt under madrassen. Bilderna hade även funnits kvar på familjens dator, om än i papperskorgen.

Hade inte Fabians lån av kameran skett samtida med att kamerans ägare, Mattias, blivit bragd om livet, hade allt sett annorlunda ut. Varför Mattias dog fanns det bara en teori till, och det var att han fått nog under övergreppet i mörkrummet och gjort motstånd. Varför han faktiskt gått dit trots att Lars sagt ifrån till Ekwall, förklarade vi med att Mattias helt enkelt inte vågade säga nej. Men kanske var det just på grund av att Fabian bestämt sig för att sätta dit sin fader, som gjorde att han fick modet att säga ifrån till slut ändå. Om han fått mod nog att säga ifrån till Lars också skulle vi aldrig få veta.

Mina tankar hade gått en del till Fabians natt på sjukhuset. Han hade varit väldigt rädd för sin far. Han hade verkligen trott det var fadern som dödat hans vän. Men så hade Konrad Ekwall dykt upp mitt i natten på sjukhusavdelningen. Eftersom Fabian hann ringa mig och hastigt fly ut genom nödutgången, måste han dels ha varit vaken, antagligen rädd för att pappan skulle komma, och dels ha vetat vem Konrad var, trots att han inte brukade vara i Källaren.

Jag hoppades någonstans Fabian ändå fått lite frid när han insett det inte var fader som faktiskt dödat hans vän.

David kom ur sin Saab och gav mig en frågande blick. Jag gav honom en lätt nick till svar och vi gick in på skolgården som låg tyst. Vi gick till aulan och David gick före in genom ytterdörren. Klädkrokarna var fyllda med jackor och det luktade fukt i den stora hallen. Vi behöll jackorna på och David öppnade försiktigt dörren till aulan så vi inte skulle störa.

Framme på scenen spelade en ensam flicka något vackert på en flöjt. På ett litet men högt bord bredvid henne stod foton på både Fabian och Mattias.

Jag såg ljusa märken på de bruna väggarna efter Lars Matssons förstorningar. På ett sätt tyckte jag faktiskt det var lite synd att vi inte hunnit se dem.

Under märkena efter tavlorna stod det packat med föräldrar som kommit med sina barn som stöd denna tunga dag. Det var garanterat fler i aulan än vad brandskyddsreglerna tillät, men det var inget vi tänkte bråka om i alla fall.

Rektorn, Nils Karlsson, stod plötsligt framför oss och gestikulerade att vi skulle gå ut igen. Vi kom ut i hallen och han såg till att dörren stängdes ordentligt innan han öppnade munnen. ”Så ni kom. My”, förklarade han när han såg våra frågande miner. ”Jag vill be om ursäkt.”

Jag ruskade på huvudet. ”Det behövs inte.”

”Jo. Med betygsättning, Lucia, jul och dessutom tre elevassistenter kort till vårterminen, så visade jag min absolut sämsta sida. Jag vågar inte tänka på hur långt allt kunnat gå om ni inte gripit dem. Konrad jobbade på dagis. Tror ni att han…” Han tystnade.

”Våra kolleger sitter just i samtal med personal och föräldrar”, sa David. ”Men vi vågar tro att han inte rört nån där.”

Rektorn satte handen på dörrhandtaget. ”Bra.” Han öppnade dörren och vi gick in i aulan igen där flöjten tystnat.

Andreas och My var på väg upp på scenen och de stannade tysta bredvid bordet. My hade det bruna håret utsläppt så det ramade in ansiktet som var osminkat. Andreas hade kammat till sitt blonda hår och bar vit skjorta till jeansen. Som om Andreas kände att jag tittade på honom, tittade han upp mot oss. Jag väntade på att hans flin skulle komma fram och han skulle säga ”Länsman!” Men det kom ett litet lätt leende istället och han flyttade fram ansiktet närmare micken innan han sa: ”Kan Länsman släcka ner lite?”

Ansikten vändes åt vårt håll och en plötslig nysning från mig gjorde inte saken mindre pinsam.

Jag tittade upp på en lätt road David innan våra ögon letade efter strömbrytaren. David hittade en dimmer på väggen och vred ner så det nästan blev helt mörkt.

Klickande ljud hördes trots avståndet och strax började värmeljus brinna längst scenkanten. Andreas tände några värmeljus på bordet och lågorna lyste upp Mattias och Fabians ansikten.

My lät fingrarna leta sig in till Andreas hand och han slöt dem sakta. Utsidan på min egen hand råkade nudda Davids fingrar och jag motstod lusten att smyga in handen i hans.

”Till Mattias och Fabian”, sa My lågt, och läste sedan utantill med dämpad röst en dikt som handlade om att dö ung, och till min förvåning, med en ung själ som kunde leka vidare bland molnen.

När hon tystnat började plötsligt välbekant musik klinga i högtalarna. Ted Gärdestad sjöng 'Himlen är oskyldigt blå'.

Jag hade inte sett Fabians mamma någonstans innan det släcktes ner. Hur pappan såg ut visste jag ju inte, men jag antog han inte heller fanns i aulan.

Jag sneglade upp på Davids profil. Han hade det jobbigt han med, det visste jag. Han hade varit in i Fabians rum. Han hade sett hur Fabian levde medan han levde, hans personliga saker. Han visste också att pojken aldrig skulle gå in i det rummet igen.

Jag vände ner blicken till golvet för gråten värkte mer och mer i halsen. Jag kunde inte vara kvar där. Jag lämnad David och gick ut på skolgården. Musiken hördes igenom väggarna och handen som inte kunnat smeka Fabians axel knöts ihop.

David kom strax ut genom dörren och traskade fram till mig. Han såg i mitt ansikte att det inte var någon idé att nämna det han hade bakom sin rygg. "Cigg?"

Jag nickade.

Han fick fram en cigarett och tändaren som han gav mig.

"Tack." Jag tände ciggen och drog ner röken långt ner i lungorna. Det sved som attan i halsen.

"Var det fem vi sa?"

Jag blåste ut röken och lämnade tillbaka tändaren. "Ja."

"De sa på radion att det är snöoväder på väg."

Solen sken faktiskt, så jag sa: "Äh, det tror jag inte på." Jag började gå.

David kom upp bredvid mig och fick fram ett flin. "Men nu ska jag åka och hämta nya bilen, så jag tar mig nog hem ikväll."

Jag suckade ofrivilligt av avundsjuka. "Volvon?"

"Japp."

Jag sjöng refrängen på Eddie Medusas 'Volvo' och David skrattade lågt. "Köp det då."

Jag började fåna mig. "Min gamle Opel, min gamle Ope…"

"Länsman! Vänta!"

Vi vände oss undrande om. Andreas och My kom springande så jag gömde hastigt cigaretten bakom ryggen.

De stannade flåsande och My sa: "Ni missade ju vårt tacktal."

"Tacktal?" sa vi.

Andreas flinade. "Vi tackade poliserna Kim Larsen och David Hellman för att de, ni, gjort världen lite mindre otäck."

Jag hissade upp ögonbrynen och David skrattade lågt.

Andreas såg tydligen röken stiga bakom mig, för han fick fram ett nytt flin. "Du vet väl att du inte får röka på skolgården?"

Jag visslade och låtsades som att det regnade.

Han skrattade till. "Äh, bjud oss på en."

Till min stora förvåning tog David upp paketet och Andreas fick en cigarett.

”Schysst!” Han fick eld av David och drog ett bloss. När röken sipprat ut sa han: ”Och Silver Wheels är ju skitbra.”

My fick tårar i ögonen. ”Det var Fabians Meduzafavorit. Vi spelar den nu för honom.”

Håret reste sig på mina armar några sekunder. Så hörde jag svagt från aulan att de faktiskt gjorde det.

Jag tittade på My och tänkte på Fabian och Mattias. De hade en gång varit bästa vänner. Jag undrade om de funnit varandra igen om det inte slutat som det gjort. Att Fabian sökt hjälp hos Mattias betydde att han litade på honom, trots att de hade kommit ifrån varandra och att de båda var förälskade i My.

David snodde fimpen av mig och drog några djupa bloss. När han med pekfingret fått fimpen att försvinna i buskagen sa han: ”Sköt om er ungar.” Han gick några steg och sa sedan utan att vända sig om: ”Och drick inte upp *all* öl ikväll.”

Jag bet mig i underläppen med ögonen i kors.

Andreas skrattade till. ”Närå, hälften gick åt igår.”

Jag skrattade åt honom och kutade förbi David. ”Partydags!”

David hakade på och vi tävlade till bilarna med Andreas och My skrattande bakom oss.

Del 2

15

Snön David pratat om dagen innan hade verkligen kommit. Nu var han lagom belåten över att ha haft rätt, när han puttade min bil så jag kom loss från en stor snödriva. Han hoppade in i sin splitternya vinröda Volvo, och jag sladdade efter honom de sista fem hundra metrar som var kvar på den trånga vägen över gärdet. David hann hoppa ur sitt nya skrytåk innan jag fått stopp på bilen. När jag väl krånglat mig ur rosthögen och efter några försök fått igen dörren, sa han: "Tack för igår, det var trevligt. Det där köttet får du gärna bjuda på igen."

"Tror jag det." Jag nös. "Synd vi inte fick bli onyktra bara. Alkohol hade kanske hållit snuvan borta."

David skrattade lågt och vi pulsade förbi två patrullbilar. Tekniska stod och plockade ur sin bil och jag noterade att inte Rättsmedicin kommit än. Det stod två bilar parkerade på vad jag antog var gårdens parkeringsplats, varav den ena var översnöad, den andra, en ljusblå Ford Focus, var avsopad, hade skrapade rutor och blöt motorhuv.

Två av de uniformerade höll på att spärra av området kring det stora benvitrappade huset, men jag såg inte vilka det var. Den tredje stod nedanför stentrappan och det var den millimetersnaggade Sammy. Vi morsade och följde honom in till den stora hallen. Vi stannade vid ingången till det stora ljusa köket, och fick av oss ytterkläderna innan vi bökade på skyddskläderna. Mitt hår ville inte komma in under skyddsmössan så det slutade med att några testar spretade utanför.

"Hon ligger i sovrummet en trappa upp. Vännen sitter i vardagsrummet med Lotta." Sammy pekade bortåt i hallen.

Vi gick förbi två stängda dörrar som det stod gästrum på den ena och wc på den andra. Vi tog oss upp för trappan och på övervåningen fanns förutom bad med bastu, tre rum. Ett välinrett gym i det största, tusen kläder och skor i det andra, och sovrum i det tredje.

Jag såg i ögonvrån att David ruskade på huvudet när han såg klädrummet.

Sovrummet låg till höger och någon hade skjutit till dörren. David undvek dörrhandtaget och puttade upp dörren med axeln. Han gick före in i halvmörkret, och trots munskydd och täppt näsa kände jag dofterna av sex, urin, blod och kosmetika.

Jag tog mitt latexklädda finger och tände taklampan. Dovt rött sken försökte lysa upp rummet och jag tittade undrande mot taket. Davids hand kom förbi min axel och sekunden senare hade vi ordentligt ljus.

"Inte nog med att jag är förkyld, jag har mensvärk också", muttrade jag.

David skrattade lågt och vi vände oss mot rummet.

Det kunde inte bli värst mycket porrigare i ett vanligt sovrum än i det här. Det enda fönstret var fördraget med mörkrött tyg och det stora täcket som låg i en hög på golvet hade samma nyans. Lakanet och kuddarna var svarta, och det stora svarta sminkbordet till vänster om sängen var fullproppat med allt mellan kajaler och dildon. Speglar i alla möjliga modeller, gamla som nya, prydde alla väggar i rummet. Över den breda sängen med svarta järngavlar fanns det, naturligtvis, stora speglar i taket.

Med allt blod på kvinnans mage och mellan benen, och de fastbundna händerna och fötterna i varsin sängstolpe, var det bara ockulta symboler ristade över kroppen som fattades för att det skulle se ut som ett filmiskt ritualmord.

Jag stirrade på kniven och dess placering mellan naveln och venusberget. Den gick rakt ner i livmodern. Kändes jävligt bekant. Jag började småfrysa trots att det var ganska varmt i rummet.

Det dundrade till borta i trappan och strax stod Sören Sund i full skyddsmundering bakom oss. "Den var ny", sa han.

Vi gick in i rummet och ställde oss bredvid sängen. Jag bara stirrade när Sören nyfiket ruckade lätt på det svarta knivskaftet på kvinnans platta och sönderstuckna mage.

"Kolla snöret", sa David.

Min blick släppte kniven och hamnade vid offrets ena fot. Snöret var av lindad tunn tråd, och jag var rätt säker på att jag hade likadant hemma i kökslådan. Det var dessutom bara lindat ett varv runt både ankel och sängstolpe. Snöret som låg längst underlakanet mellan ankel och sängstolpe var knappt spänt. "Inte var det avsett att hålla henne fången i alla fall", konstaterade jag.

David ruskade på huvudet och sa: "Nej. Arrangemanget liknar en bunden Vitruviansk man."

Det höll Sören med om. Jag hade ingen aning om vad han pratade om.

Davids blick pendlade mellan mig och liket. "Inte mycket mer vi kan göra här nu. Ska vi gå ner?"

Ja, jag ville bara därifrån, så jag sa: "Ja, tack, jag får ingen luft."

Vi tog oss förbi några från Tekniska som väntade i hallen, och sedan ner för trappan till Sammy som fick ta hand om skyddskläderna.

När vi var klara gav David Sammy en frågande blick. "Namn?"

"Amanda Krause", svarade jag och snöt mig ljudligt i en julservett jag hittat i jackfickan.

David höjde på ögonbrynen. "Fotomodellen?"

Jag torkade näsan. "Tydligen." Jag pekade med snorpappret mot det stora fotot som faktiskt tog upp en kvarts hallvägg. Fotot var säkert femton, tjugo år gammalt. De klarblåa ögonen skvallrade om droger och det blåste förföriskt om det blonda håret.

David, som idag hade Kåkås roll, gav Sammy med kollegor lite att gå igenom innan vi styrde stegen till vardagsrummet. Den kortklippta och svarthåriga Lotta tog tillfället att sträcka på benen och David presenterade oss för en rädd barbiedocka som satt i soffan. Att Barbie blekte håret var glasklart och jag insåg att hon i naturlig upplaga skulle ha mycket ljusare hår än mig. Mitt var, vad jag kunde minnas, något mellan mörkbrunt och svart.

Vi presenterade oss och slog oss ner på behörigt avstånd. David fick sköta utfrågningen. "Namn?"

"Sabina Höök." Hon var darrig på rösten.

Jag antecknade i mitt häfte, namn, personnummer, adress och telefonnummer.

”Vilket förhållande hade du till Amanda?”
”Hon är min agent. Men vi rider tillsammans flera dar i veckan.”
”Var?”
”Hos Lennartssons. Hon kom aldrig så jag körde hit. Ni passerade deras gård när ni kom.”
Det hade vi gjort. Hästgården var den enda grannen och låg direkt till vänster när man kom in på vägen.
”Din Ford som står där ute?”
”Ja.”
”Hur kom du in i huset? Har du nyckel hit?”
Sabina Höök ruskade lätt på huvudet. ”Hon låser bara när hon reser bort.”
”Det var vågat”, tyckte David. ”Är det många som känner till det?”
”Det vet jag inte, men jag antar det.”
”Har du känt Amanda länge?”
”Femton år. Jag måste meddela Amandas pojkvän.”
David nickade. ”Ge oss hans data så åker vi dit.”
Hon såg inte alls glad ut efter det svaret, men nickade. Så fick vi data på pojkvännen: Conny Nilsson, fyrtiofem år som Amanda, bor på andra sidan stan. Åker alltid taxi.
David gav mig en nöjd blick innan han tittade på Sabina Höök igen. ”Vi behöver uppgifter på Amandas anhöriga, vänner etcetera.”
Vi fick en lista, men ingen släkting nämndes. Det fanns dock en städerska hon inte hade namnet på. Hade Sabina alibi för den gångna natten? Ja. Vi fick en manlig grannes namn och adress.
Vi tackade för oss och gick ut till Lotta med instruktioner om att topsa Sabina Höök, leta namn på städerskan och att någon skulle besöka hästgården. Så ringde David stationen och bad dem leta reda på Krauses anhöriga. Och vi skulle besöka Conny Nilsson.

Efter en slirig och sladdig resa på nästan fyra mil, parkerade jag äntligen bakom David och klev ur bilen. David gav mig en blick som sa att jag borde sätta på vinterdäcken, innan han gick fram till den röda stugan. Han knackade på den flagnande mörkgröna ytterdörren och väntade.

När jag väl fått igen bildörren släntrade jag runt lite på den snöiga backen och kikade mig omkring i dagsljuset. Stugan hade inga närmare grannar bland buskagen och att Conny Nilsson var Amanda Krauses motsats såg man direkt. Gamla insnöade bilvrak, soppåsar som bara helt sonika kastats ut genom både dörren och det smutsiga köksfönstret. Ett mindre uppvärmt växthus fanns till höger om stugan och jag kunde nog gissa mig till vad som växte därinne.

David bankade allt hårdare på dörren men utan resultat.

Jag ledsnade, och vid tanken på Krauses olåsta dörr gick jag helt enkelt fram och kände på handtaget. Dörren gick upp och jag ropade in: ”Är det nån hemma?!”

David gav mig en ’låt bli’ blick men jag struntade i honom och klev in i den stinkande hallen. David svor lågt och följde efter.

Inte en pryl befann sig där man normalt brukar finna dem. En lerig trasmatta låg i en hög på skohyllan och en stereo stod svagt på på golvet vid dörrhålet mot köket. I dörrhålet till vardagsrummet låg Conny Nilssons cigarettstinkande ytterrock och vinterkeps med resten av kläderna i en hög på golvet.

Han låg naken på mage över bäddsoffan i stugans enda rum, och hans spinkiga och skitiga kropp var dekorerad med flera blåmärken.

Det stank i rummet så David tog sig genast förbi mig och bäddsoffan och öppnade ett fönster.

”David”, sa jag lågt från dörrhålet och nickade mot allt det olagliga som fanns bland fimpar och ölburkar på vardagsrumsbordet.

David tog sig tillbaka och vi tog oss ut igen och stängde ytterdörren om Conny Nilsson.

”Det är därför vi inte går in”, påpekade David och bankade hårt på dörren. ”Vore väl fan om han inte vaknar av kylan.”

Han vaknade. Med ett skitigt lakan runt kroppen öppnade han svärande dörren och släppte in oss. Han tog sig förbi bäddsoffan och drog ilsket igen fönstret. Trots att åren och det hårda levernet gjort sitt så var det ingen tvekan. Det var han.

Jag blev yr och svettig, men svalde hårt ett par gånger. Jag måste sysselsätta mig, och det fort så jag inte skulle svimma. Jag tog upp hans kläder och vände dem rätt innan jag räckte plagg efter plagg till honom. Det fanns inget synligt blod på kläderna. Men det hade jag inte räknat med heller, eftersom det inte funnits några blodstänk på mordplatsen.

Svärande klädde Conny på sig och damp sedan ner på kanten på bäddsoffan. Han gjorde ett tappert försök att få ordning på det flottiga råttfärgade håret men tände strax en cigarett istället. "Vad vill ni?"

"Vi kommer från Polisen", sa jag.

Han blåste ut röken med en stöddig min i ansiktet. "Jo, jag fatta de du."

Jag kunde lättat konstatera att han inte kände igen mig.

"Amanda Krause", sa David med bestämd röst.

Conny gav David en stöddig blick med sina påtända mörkblå ögon. "Vad är det med Madde?"

"När såg du henne senast?"

"Inatt. Hurså?"

"När lämnade du henne?"

Conny insåg att något var fel. "Vad har hänt?" Han reste sig upp men David motade ner honom igen.

"Svara på frågan", sa David.

"Faan. Inte vet jag. Runt tre kanske."

David var fortfarande hård på rösten. "Amanda Krause påträffades död i sitt hem i förmiddags."

Conny fimpade rätt i kokaindammet på bordet och stirrade på fimpen. "Överdos?"

"Nej. Vi tar med dig in." David väntade tills Conny tittade upp, då nickade han mot bordet.

Conny fattade det.

David gick ut för att begära en patrullbil.

"Finns det rena kläder nånstans?" Jag gav Conny en 'det tvivlar jag starkt på' blick.

"På skithuset i tvättmaskin."

Jag gav honom en uppriktigt förvånad blick. Så hämtade jag rent ombyte som fick hamna i en ICA-kasse.

David kom in igen och jag ställde mig i dörrhålet bredvid honom. "Fan vad blek du är", sa han.

Det tvivlade jag inte en sekund på. "Jaså?" sa jag. Och sedan stod vi bara där tysta med ögonen på Conny som kedjerökte i väntan på patrullbilen.

En halvtimme senare lämnade vi över både Nilsson och hans hem till uniformerade och jag klev in i Opeln. Men David gick inte till sin bil utan kom fram till min, så jag vevade frågande ner rutan samtidigt som jag försökte få igång bilen.

"Jag har Krauses mammas adress. Hon heter Terese Kruse och bor i stan."

"Jaså?" Jag funderade i två sekunder. "Präst?"

Han ruskade på huvudet. "Vi ringer in en om det behövs."

Vi parkerade längst den nyplogade gatan och gick in i porten. I trapphuset kändes tung ingrodd röklukt. Vi gav varandra frågande blickar när vi två trappor senare insåg att lukten tagit sig därifrån. Röklukten som trängde ut ifrån Krauses mammas lägenhet blandades även med frän lukt från katturin.

Vi ringde på och en liten gumma med kort glest grått hår stack ut näsan i dörrspringan. "Man ska inte ha nå."

David sa bestämt innan hon drog igen dörren: "Vi kommer från Polisen."

Katter jamade och hon pratade daltande med dem. "Vänta", sa hon till oss och stängde dörren.

David höjde frågande på ögonbrynen men snart gick dörren upp. Terese Kruse hade motat bort katterna och vi fick skynda in innan de hann smita ut. Fem katter i olika kulörer strök strax runt våra ben och jag undvek att kliva i en bajshög på hallgolvet.

David som var närapå dubbelt så lång och tredubbelt så bred som gumman, visade sitt polis-id. "Vi kommer tyvärr med tråkiga nyheter."

Hon vände oss ryggen och gick med hasande steg in i köket. Statisk elektricitet sprakade ljudligt om gumman, och när hon satte sig på stolen hoppade genast en svart katt upp i hennes knä. Vi kom in i köket och jag lyckades få ögonkontakt med hennes kalla blå. "Hörde du vad min kollega sa?"

Hon tände en cigarett och jag såg att hennes pek- och långfinger hade stora brunsvarta märken. Inte bara av nikotin utan även för att hon glömde cigarretten där ibland.

Jag rös ofrivilligt och flyttade försiktigt undan en närgången katt med kängan.

Terese Kruse blåste ut röken. "Så det har hänt nu."

David harklade sig. "Vad menar du?"

Hon skrattade hest och rök följde med ut i skrattet.

Jag motade iväg en ny katt och nös högt.

Hon kikade upp på David. "Hon är död."

David gav henne en undrande blick men hon bara skrattade hest igen. "Jag har inte sett henne på tretton år."

"Nehej." Katterna vid mina fötter började ligga jävligt risigt till. "Så ni var ovänner?"

Kruse blåste sakta ut röken och det fanns mycket hat i hennes ögon. "Blir det nå pengar kan ni lämna det till Djurens vänner. Jag ska inte ha nå. Inte ens efternamnet kunde hon behålla."

"Hon la bara till en bokstav", påpekade jag.

Gumman fnös och fimpade i en översvämmad askkopp.

David var irriterad. Inte bara för att en av katterna för tillfället hade klorna i hans vad. "Vill ni inte veta vad hon dog av?"

"Nej. Som hon levde sitt liv kunde det bara sluta på två sätt."

"Kan vi ringa nån?" frågade jag.

"Nej. "

"Men vill du…"

"Nej, gå nu." Hennes ögon gav oss frostskador. "Och jag vill inte bli kontaktad om begravningen."

Jag gav upp och lämnade vårt visitkort innan vi hastigt flydde där ifrån.

Nere på gatan igen tittade David strängt på mitt febriga ansikte när jag hoppade in i bilen. "Åk hem och lägg dig, snorfia. Du kan inte jobba när du mår så här."

"Ja, ja", sa jag och tänkte dra igen bildörren.

David tog tag om bildörren och sa milt: "Och kör försiktigt."

16

Mobilen låg på kudden och surrade envist.

"Krim", svarade jag hest.

David skrattade lågt åt mitt skämt. "Hur är läget?"

Tim nosade min snoriga näsa. "Sluta, Tim", sa jag. "Mått bättre. Hur går det?"

"Sätt på kaffe. Kommer om fem."

Jag buffade undan Tim och kilade hastigt in på toan. Tre minuter senare var näsan fortfarande lika röd och ögonen glansiga, men kroppen var i alla fall ren. Jag hatade att se sjuk ut. Speciellt inför David.

Jag höll på att borsta ut det våta håret när Tim talade om att David kom i trappan. Jag hoppade snabbt i ett par gråa träningsbyxor och en grå t-shirt.

David knackade på ytterdörren och jag insåg att jag glömt behån. "Skit samma", sa jag och öppnade åt honom.

Tim anföll David och de gav varandra en rejäl match på hallgolvet. När Tim fått nog burrade David hans tjocka svarta päls och klappade hårt hans rygg. "Duktig kille. Ligg nu."

Tim la sig flåsande på golvet och David kom ur ytterkläderna.

Jag gick före till köket och sparkade igång kaffet. Solen gassade rätt in på de ljusgula väggarna och de vita skåpluckorna så ögonen tårades av ljuset. David upptäckte mitt besvär och drog ner persiennerna.

"Tack", sa jag och kom ner på en stol. "Skolkar du?"

David skrattade lågt.

"Har det kommit in nåt intressant?"

"Taxi gav napp."

Jag hissade upp ögonbrynen.

"Han åkte mycket riktigt hem från Björkbacken tre och fyrtionio."

"Björkbacken?"

”Amanda Krauses domän. Kan man tigga åt sig ett par mackor?”
Min mage vrålade. ”Jag fick en julskinka av Stina igår, den ligger bakom grönsakerna.”
”Mmm!” David hittade på skinkan, senap och smör. ”Bröd?”
Jag nickade åt skafferiet.
När kaffet var klart högg vi in på årets första julskinkssmörgås. Tim intog sin tiggarposition bredvid mig på golvet. Efter en stund svalde David och sa: ”Grannarna på hästgården hade inte sett något, och vi har inte hittat något konstigt i hennes ekonomi.”
”Hot?”
”Inte bland den post som fanns i pappersväg och mejl. Övrigt hade hon bara Facebook och där fanns det inget konstigt.”
Tim började bli sur på oss och jag gav honom en sträng blick. ”Sluta tigg, annars köper jag en katt istället.” Jag kikade upp på David med ett flin.
Han gned handen mot vaden där katten satt klorna dagen före. ”Gör inte det.” Han kastade en liten bit smörgås till Tim. ”Hur det är med farfar då?”
”Jag vet inte.”
David fick något ömt i blicken. ”Kan du inte flytta honom till Uppsala?”
Jag ruskade på huvudet. ”Det blir bara förvirrande för honom de stunder han kommer tillbaka. Och cancern tar honom ändå innan sommaren.”
David vågade förvånande nog ta min hand. ”Jag finns här om du vill.”
Jag drog undan handen. ”Tack. Hur är det med ungjärparna?”
David tuggade med blicken på mig innan han sköljde ner smörgåsen med kaffe. ”Bra med alla fyra”, sa han sen.
”Säg åt dem att skynda på med önskelistorna. Jag har bara onsdag kväll att handla på.”
David hade just pulat in sista tuggan så han nickade.
Jag dukade av och svetten började rinna längst ryggraden. Tim talade om med en ljudlig fjärt att det var dags att gå ut.
Jag suckade djupt.

"Jag kan ta ut han en sväng." David gav mig koppen. "Har du börjat med nån ny hobby igen?" Hans blick pendlade mellan mina egentillverkade örhängen, mitt utsläppta fuktiga hår, och, till min stora skam; mina behåbefriade bröst.
Jag satte ner koppen på bänken och la armarna i kors. "Nej."
David kom upp från stolen. "Vad ska du göra på måndag och tisdag då?"
"Röja ur farfars lägenhet."
Jag följde efter David som gick bort till vinterkängorna och fick ner fötterna i dem. "Räcker verkligen två kvällar?"
"Jag hoppas det. I värsta fall får jag offra nåra timmar på torsdag när jag är på julfirande hos farfar. Lägenheten måste bli tömd senast på annandan eftersom vi har jour nyårshelgen." Jag satte kopplet på Tim medan David fick på sig den svarta jackan. Så gav han mig en varm blick innan han tog kopplet. "Kryp ner i sängen."

När jag vaknade var det mörkt ute. Ljuset från vardagsrumslampan sken in i sovrummet och jag undrade hur länge jag sovit. Tim låg och snusade bredvid mig och grymtade bara till när jag klev ur sängen. Det blev kyligt att lämna sängvärmen så jag drog på mig den gråa favoritluvtröjan och stängde kedjan. Så såg jag förvånat att David låg och snarkade i soffan.
Jag tassade in på toan en sväng och ringde sedan och beställde varsin pizza. Jag kikade om det fanns coca-cola kvar i kylskåpet sen festen. Det gjorde det, så jag tog fram den, glas, tallrikar och bestick.
Tim blev genast klarvaken av ljudet av tallrikarna och kom glatt lufsande.
Tonerna från 'You won't know' klingade borta i soffan och David svarade lågt i mobilen. Jag hörde på hans röst att det var Viktor. Han kikade upp och såg mig och höjde rösten något. "Kim vill att ni skriver önskelistorna. Inte för dyrt." Han blinkade med ena ögat åt mig. "Och säg till Lina att allt behöver inte vara

rosa." Han skrattade lågt. "Ja, vi ses snart." Han satte sig upp
och pulade ner mobilen i bröstfickan på den svarta fleecetröjan.
"Lägesrapport?" undrade jag.
David kom på fötter. "Japp. Kajsa kräks knäck och Putte har
slagit hål på ett knä."
"Stackars han då. Och Lina?"
David stannade framför mig. "Tandlös."
Jag skrattade till men tyckte han kommit lite för nära så jag satte
mig vid bordet. "Hoppas du är hungrig, för jag har beställt pizza
till dig."
"Kim, du är en ängel." David fick fram mobilen igen, och strax
fick Magda veta att han inte skulle ha några fiskpinnar.

David som ätit upp nästan hela min pizza också, åkte hem efter
han rastat Tim igen. Själv tog jag två Alvedon och somnade snart
i soffan till en film med Johnny Depp.

17

Vi samlades runt det mörkgråa rektangulära bordet och gäspade i kapp med Sören Sund som kikat upp på lite kaffe. Mellan de grågröna gardinerna lyste gryningshimlen rosa.

David kom ner på sin vanliga plats till vänster om mig och räckte mig min kaffekopp.

"Tack", sa jag. "Vet du, ett mirakel har skett."

David höjde frågande på ögonbrynen.

"Min bil har vinterdäck."

Han skrattade lågt.

"Tack, David."

"Äh", sa han samtidigt som Kåkå kom in genom dörrhålet bakom oss.

Kåkå hade ansat sitt vita hår under helgen och såg riktigt prydlig ut idag. Han ställde sig vid whiteboarden och fäste några stora foton över dem som redan fanns på plats. Ett garv bröt ut när vi såg vad det var. Det var foton från festen och Kåkå pekade allvarligt på ett foto med Jens. "Här ser ni hur en ung man kan bli av för mycket vodka i blodet."

Jens sjönk ner i stolen och himlade med sina mörkblå. Han var på fotot redigt berusad och hängde flinande över Karin, på fotot iklädd guldbruna färger.

Kåkå pekade på fotot med Anders Larsson. "Och Larssons flickvän får se upp, hon har fått en konkurrent." Larsson pussade nämligen Tim.

Kåkå pekade sist på bilden av sig själv. "Så här dåligt tål man alkohol vid femtiotre års ålder."

Han såg för skön ut. Det vita tunna håret spretade åt alla håll och näsan var i det närmaste lila. Det lustiga med Kåkå är att han alltid blir vindögd när han är onykter.

Kåkå som snabbt satt sig in i fallet denna måndagsmorgon, sammanfattade kort för de oinvigda medan han tog ner fotona så fallet Amanda Krause kom fram. Sedan fortsatte han: "Vår för stunden enda misstänkt, Conny Nilsson, är under vård och tänder av. Det lilla vi vet om honom som är värt att nämna är att han sedan många år är nolltaxerad. Vi kommer under dagen att inhämta allt som finns hos Soc. Hem och kläder står på kö för teknisk undersökning. Sören."

"Nästa fest vill jag också vara med på", sa Sören med ett flin. Så blev han allvarlig. "Vi väntar på dna-svaren som kommer imorron bitti. Kniven kan vemsomhelst ha köpt nästan varsomhelst och var väl rengjord före dådet." Han gned fingret mot tinningen och det blyertsfärgade hårfästet följde med. "I huset fanns bara fingeravtryck från patrullerande, Amanda Krause, Sabina Höök, Conny Nilsson och städerskan…" Han försökte uttala namnet men Kåkå viftade bort det. "Kan tilläggas att vi hittade en del vuxenleksaker av våldsammare slag i Krauses garderob."

Det var inte helt oväntat.

Kåkå tog över: "Rättsmedicin rapporterar följande: Troligen frivilligt samlag några timmar före döden som inträffade någon gång mellan noll tre noll noll och noll fem noll noll." Han kikade upp från pappret han hade framför sig. "Tyvärr är detta inom ramen för vår ende misstänktes frånvaro." Hans gråblå gick tillbaka till pappret. "Det fanns äldre bit- och blåmärken, och det finns inte mer att säga än att samtliga bitmärken troligen är gjorda av samma person. Det fanns inga märken runt handlederna och vristerna mer än där snöret låg mot huden. Inget tecken på kamp, så det mesta tyder på att hon bands antingen under medvetslöshet eller efter döden." Kåkå reste sig och fick upp ett par foton på detta medan Sören sa: "Blod funnet vid köksavloppet, troligen kommer testerna att säga det är offrets. Dock var själva avloppet nyrensat och i princip tomt på stället något användbart kan ha blivit kvar. Övrigt fanns några fingeravtryck på kranen men de tillhörde mordoffret. Avsaknad av fingeravtryck på såväl kniv som vattenkran indikerar att gärningsmannen använt handskar. Vi har dock inte hittat några spår från använda handskar, men väl en kartong engångshandskar fanns i sovrummet. Kartongen hade dock bara fingeravtryck från offret. Snöret är taget

från offrets eget kök och rullen återfanns på sin plats i lådan."
Han kikade ner i sitt papper. "Bekräftat av städerskan…"
"Skit i det", tyckte Kåkå. "Det har inte legat mycket kraft bakom stickskadorna, men totalt tio hugg varav två djupare."
"Om hon inte har kämpat, märkte hon ens av huggen?" Det var Frohm som ställde frågan.
Kåkå gav honom en 'fan vet' blick innan han rättade till papperna. "Dagens agenda." Han tittade mot Larsson och Frohm. "Ni får den stora äran att gå igenom de rapporter vi fått om Amanda Krauses familj och bekantskapskrets."
Andersarna nickade.
"Jens kör en sökning och har sen lite annat att pyssla med."
Jens nickade.
"David och Kim stannar kvar här." Och med det var mötet tydligen slut.
Jag väntade undrande på att kollegerna skulle utgå och sörplade i mig sista kaffet. När Sören Sund stängt om oss packade Kåkå ihop pappershögen innan han fick blicken på oss. "Blodfyndet i Ekwalls bagageutrymme var Fabians och hår man fann kom från både Fabian och Mattias. Man har hittat fibrer i en låda i mörkrummet som troligen kommer att matcha de som fanns på Mattias kropp från vit frotté. De identifierade pojkarna har vittnat om våldtäkterna. Resten har lämnats över till Riks."
Så var det bara att invänta rättegångarna. Jag suckade djupt.
Kåkå log lätt mot mig och fortsatte sedan: "Han tiger om den såkallade 'fotoklubben', så den kan vi glömma."
"Lars Matsson?" undrade David.
Kåkå ruskade på huvudet. "Han fick alltid USB-minnet av Ekwall och lämnade det sedan till honom igen." Så gav Kåkå mig en bestämd blick. "David hjälper dig med lägenheten nu. Ha mobilerna på så ni kan nås om det blir något akut." Så gick han.
Jag stirrade på Amanda Krause på whiteboarden.
"Ska vi?" undrade David bredvid mig.
Jag saknade för stunden ord. Jag reste mig upp och följde efter David till hans bil.

När vi kom in i Sala stannade vi och köpte en extrafrukost som vi sedan åt i bilen, och jag saknade fortfarande ord för hans agerande. Jag visste inte om jag skulle vara förbannad för han drog iväg oss från utredningen eller glad för att han ville hjälpa till. Men känslorna som krigade ifatt togs över av helt andra känslor när vi parkerade och jag kikade upp mot fönstret till mitt barndomshem.

Vi gick in i hyreshuset och upp till tredje våningen. Jag låste upp och skyfflade undan reklamen som låg på hallmattan med kängan. Det var väldigt instängd luft i lägenheten så David fick genast upp några fönster. Vi behöll ytterkläderna på medan trerummaren vädrades ur. David insåg omgående att vi behövde kartonger så vi lämnade lägenheten i korsdrag och gick till affären. Där fanns inte alls så många kartonger vi skulle behöva så jag köpte två rullar svartsäckar.

Tillbaka i lägenheten fick fönstren åka igen och jag satte mig tungt vid det gamla bruna sextiotalsköksbordet. David var mer kaffesugen men det oöppnade kaffepaket som fanns visade sig vara tre år gammalt. Han traskade ner till affären igen.

Jag hade bestämt mig för att inte gråta. Men med förkylning kvar i kroppen, Conny Nilsson, i alla fall för tillfället fast, och kniven på Amanda Krauses döda kropp på näthinnan, misslyckades jag kapitalt. När jag hörde Davids steg i trappan en stund senare kutade jag in på toan och snöt mig. Kallt vatten fick kyla ner mitt svullna ansikte. Jag mötte mina bruna ögon i spegeln någon sekund och började gråta igen.

David ropade att kaffet var klart.

Jag ropade tillbaka och låtsades nysa häftigt innan jag fick bort tårarna och lämnade toan.

Men David gick inte att lura. Han placerade mig direkt på en stol och satte kaffekoppen framför mig. Så fick jag ett halvtorrt muffins i näven innan han slog sig ner mitt emot mig.

"Kim", sa han bestämt och väntade tills jag vågade möta hans ögon. "Du är inte gjord av sten. Sluta bete dig som om du vore det."

Jag nickade och snyftade ofrivilligt.

”Jag vet inte vad som gjort dig till den du är, men jag vet att det finns en skör liten flicka under den där tuffa ytan.”

Hade han gett fan i att säga just *flicka* hade jag klarat biffen. Men nu sa han det och tårarna skymde sikten. Och han hade faktiskt rätt; en bit av mig var en liten flicka. Den flickan skulle snart bli ensam kvar. Och det var så jag känt det de senaste tre åren. Livrädd över att bli ensam. David hade uppenbarligen fattat det för länge sen och väntat på en reaktion.

Jag drog djupt efter andan och fick bort tårarna med händerna. ”Jag trodde han skulle bli frisk.”

”Jag vet.”

”Jag kommer inte längre att ha ett hem att åka till.”

David log lätt bittert. ”Så det är därför du envisats med att betala hyran här?”

Jag ryckte på axlarna.

”Du har ju *ditt* hem, Kim.”

”Ja.” Jag tittade på muffinet i min hand. ”Men det har aldrig känts så. Mer som en hållplats, om du fattar hur jag menar.” Jag lyfte blicken till David.

”Ja.”

Jag fnysfnittrade. ”Jag är mer hemma på jobbet än hos mig.”

David flirtade. ”Det är för att jag är där.”

Jag svarade med att pula in halva muffinet i truten.

”Någon sa nån gång att han kunde bo var som helst i världen och säga att det var hans hem. Vet du varför?”

Jag ruskade på huvudet.

”För att hans fru alltid var med. Det var *hon* som var hans hem.”

David tog av pappret på sitt egna muffins. ”Jag säger inte att du älskar mig, fast det tror jag att du gör.”

Jag ångrade djupt att jag just pulat in den andra muffinshalvan.

”Förlåt”, sa han bakom mig när jag hostade ur mig smulorna i diskhon.

Någon minut senare kom jag ner mittemot David igen och hoppades innerligt att inte näsan var full med snor efter jag snutit mig. ”Kul att jag kan roa dig, så här på en måndag.”

David brast i skratt.

Jag var inte fullt lika road utan sörplade i mig kaffet som blivit ljummet. Så bestämde jag mig för att göra det vi kommit dit för att göra; rensa ur mitt och farfars liv ur lägenheten.

Efter en kombinerad lunchmiddag röjde vi förrådet. När allt stod i ett kaos på vardagsrumsgolvet började jag kika igenom kartongerna, och till min förvåning hittade jag faktiskt några foton på min pappa jag inte sett tidigare. "Det lilla jag minns av honom är hans bitterhet", sa jag med blicken på dem.

"Vem skulle inte vara bitter om man blev lämnad med en nyfödd av kvinnan man älskar?" David lyfte högen med 'kasseras' till svartsäcken. "Hur gammal var du när han dog?"

"Fem."

"Och din mamma? Träffade du henne aldrig?"

"Nej." Jag suckade. "Jag var tjugo när det kom ett brev om att hon dött och att jag kunde hämta hennes tillhörigheter hos Polisen."

"Gjorde du det?"

Jag ruskade på huvudet och kom upp från golvet. "Hon knarkade bort allt hon ägde. Jag antar att det som fanns kvar var det hon hade på sig när hon dog."

"Var det därför du blev Polis? Knarket?"

Jag la ner fotona i kartongen 'tas hem'. "En av orsakerna." Så insåg jag att jag faktiskt inte hört något om Davids föräldrar på länge. "Och dina päron då? Bra med dem?"

David ändrade inte en min i ansiktet utan ryckte bara lätt på axlarna. "Fick julkort från dem förra veckan. Före det, julkort förra året. De har sitt pensionärsliv i Spanien. Jag får väl åka ner nån semester och påminna dem om hur jag ser ut."

"Tråkigt", tyckte jag.

"Äh. Är som det är." Han kikade ner i kartongen. "Är det där du?"

Jag skrattade lågt. "Jag är rädd för det."

Han fiskade upp det gamla skolfotot från gymnasiet och granskade det närmare i rummets enda ljuskälla, som var belysningen i bokhyllan. ”När slutade du att äta då?” Han var road på rösten.

”Efter det där tagits.” Jag tog fotot och granskade mig själv. Det permanentade mörkbruna håret, hullet i ansiktet och ögonen som glittrade ovetandes om allt våld som fanns därute. ”Nej, när jag bestämde mig för att bli Polis”, erkände jag och la ner fotot.

”Vad är uret egentligen?” David fick upp mobilen och såg förvånad ut. ”Jösses, halv tolv.”

Jag satte mig i den gröna soffan. ”Ja ha. Så hur gör vi? Åker hem eller sover nåra timmar?”

David kom ner bredvid mig och sträckte ut benen under soffbordet. ”Kan inte flyttbilen komma i morrn istället?”

”Jag har inte beställt nån alls, faktiskt.”

”Bra planering.” Han gäspade. ”Jag bokar kärra till söndag så kör vi skiten till sopstation.”

”Jag hade tänkt lämna allt till second hand.”

David skrattade trött. ”Seriöst, Kim. Vem vill ha det här?” Han svepte med handen över eländet.

”Nån med taskig inkomst, kanske”, sa jag lite buttert.

”Okej. Då gör vi så här: Vi sätter upp en lapp i affären att folk får komma och hämta det de vill ha på söndag förmiddag, mellan klockan tio och elva.”

Jag tittade upp på Davids profil. ”Okej”, sa jag. ”Och till ursprungsfrågan, ska vi åka hem?”

Han fick sin arm över mina axlar och drog in mig mot sin varma och stadiga kropp.

Jag försökte rymma men det var lönlöst.

”God natt”, sa han och började genast snarka.

18

Jag vaknade av att David skrattade lågt. Jag öppnade ögonen och såg att jag lämnat en fuktig fläck på hans svarta t-shirt. Jag som aldrig dreglade i sömnen torkade förvånat munnen med handen. David tog bort sin arm så jag kunde sätta mig upp och jag lämnade ofrivilligt hans kroppsvärme. Nacken var stel och inte ett ben verkade sitta där det skulle, så jag gick som en kratta till toan. David gäspade högljutt bakom mig och jag hörde att han sträckte på sig och knakade fingerlederna.

Frukost hade vi ingen så det fick bli en kopp svart kaffe på stående fot innan vi började lasta det jag skulle behålla. Trapporna var inte populära att knata upp och ner för efter natten, men hiss fanns ju inte.

David gick faktiskt bort till affären och satte upp en lapp. Det skulle bli spännande att se om någon alls kom.

Vi kom iväg på tok för sent så David fick ringa Kåkå när vi kommit halvvägs. Larsson och Frohm skulle på ett misstänkt dödsfall i city, så det blev bara morgonmöte med de uniformerade. Nilsson var fortfarande inte i form för förhör, och rapporteringen från Soc var efter förväntan. Kåkå tyckte vi kunde pula med vårat, vi hade ju övertid att ta ut, och de skulle höra av sig om det dök upp något nytt.

När vi inte längre hade bråttom bestämde vi oss för frukost på första bästa ställe, och efter det åkte vi vidare hem till mig. David hjälpte mig in med säckarna och kartongerna innan han åkte hem till Magda och alla barn och dagbarn.

Så stod jag där i vardagsrummet och glodde på allt jag inte visste vad jag skulle göra av. Tim låg och snarkade rofyllt i sängen.

Jag gick in till honom och kurade ihop mig. Davids doft fanns kvar på min t-shirt och jag somnade med svartsjuka i tankarna.

"Hemma?!" ropade Stina förvånat in i hallen.

Tim voffade till.

”Ja!” ropade jag.

Tim satte fart när Stina visslade. Snart blev det tyst i lägenheten och jag tackade högt för att Stina fanns i huset.

Jag behövde duscha och gjorde det också. När jag fått på mig kläderna och öppnade toadörren hörde jag mobilen surra på sängen. Jag kilade till sovrummet och svarade.

”Kom in så fort du kan!” sa Jens ivrigt. ”Vi fick napp!”

”Kommer. David?”

”På väg.”

Jag höll på att springa omkull Karin, idag iklädd mörklila färger och med håret i en ny ögonmatchande brun nyans, när jag for förbi mot Jens lilla krypin.

Kåkå satt bredvid Jens vid skrivbordet. ”Larsson och Frohm är inte klara med sitt. Jag blev jävligt förvånad när Jens joddlade om träff.”

Det hade jag också blivit.

David kom med stora kliv utanför glasväggen och strax hade Jens hällt upp kaffe åt oss all. Vi slog oss tacksamma ner vid skrivbordet.

Jens räckte David några foton och jag lutade mig närmare för att se.

De fem stickskadorna befann sig i hullet mellan naveln och venusberget och kniven med svart skaft satt kvar.

”London nittisju. Avliden.” Jens nickade åt nästa foto David fick fram, och det var ingen trevlig syn. ”Försvann i Amsterdam noll-fyra. Kroppen funnen i ett kärr flera mil från staden. Ingen teknisk bevisning, tio hugg totalt mellan navel och venusberget.”

David bytte foto igen och magen man fotat hade tre stickskador. ”Metz nittifem. Överlevde. Men tyvärr inget dna att jobba med och...” Jens gav Kåkå en skissad bild. ”... bättre än så kunde hon inte minnas.”

Bilden gick till David och sen till mig. Det kunde vara ungefär två miljoner män.

David fick fram det sista fotot. Där fanns totalt åtta stickskador och kniven satt kvar.

”Faktiskt Boston”, sa Jens. ”Nollnoll, avliden.”

”Ingen kniv funnen i kärret i Amsterdamfallet?” undrade David.

Jens ruskade på huvudet. ”Och i Metzfallet hittade man aldrig brottsplatsen. Hon hittades flytande i en större bäck flera mil från den plats hon befunnit sig i.”

”Vad flöt hon på?” undrade jag.

Jens ryckte på axlarna. ”Det står inte.”

”Har vi foton på offrens ansikten?” undrade David, och jag visste att han ville hitta likheter mellan dem.

Jens knappade på datorn och vred sedan den platta skärmen så vi kunde se de fyra ansiktena. Snart hade vi konstaterat att ingen hade liknande drag, lika ögonfärger eller hårfärger. Bostonoffret var vacker men de andra tre hade alldagliga utseenden.

”Deras åldrar är mellan nitton och trettiofem”, sa Jens och vred tillbaka dataskärmen.

”Det har legat mer kraft i alla huggen här än i Krauses fall.” Kåkå knäppte fundersamt med pekfingret på koppen några gånger och sa sedan: ”Kan nån gissa sig till tanken bakom huggens placering?”

”De var gravida”, sa jag utan att tänka mig för.

David fick ögonen på mig men sa till Jens: ”Läs om akterna.”

Jens knappade på datorn och snart var min teori bekräftad.

”Våldtagna?” undrade David, vars blick var kvar på mig.

Jens kikade i datorn. ”Våldtäkt på samtliga. Även bitna och blåslagna.”

”Krause var inte våldtagen”, påpekade Kåkå.

”Hon var kanske den första frivilliga?” Jens lutade sig tillbaka i kontorsstolen. ”Jag menar, hon verkar ju ha gillat råa takter.”

Kåkå nickade fundersamt. ”Bundna?”

Jens läste hastigt och sa sen: ”Ingen bunden.”

Kåkå fick en beslutsam min i ansiktet och reste sig upp. ”Vi utgår från Conny Nilsson. Ta reda på varenda ut och inresa han gjort sen den dan han föddes. Och jag tar för givet att ni kollar Amanda Krauses resor också.”

Fyra av avdelningens uniformerade hade åkt på vinterkräksjuka. Vi tittade på varandra med äcklade miner.

Karin, idag grönklädd, kom in med det årliga julfikat. Det var faktiskt enda gången på året hon fikade med oss i grupprummet, så vi pratade glatt med henne. Hon hade bullat upp en massa hembakade godsaker, men alla utom David verkade hastigt ha tappat aptiten.

När Karin knallat iväg sa Kåkå: "Sören meddelar att de narkotikafynd som gjorts hemma hos Conny Nilsson ger densamme respass rakt till kurran. Tyvärr fanns endast Krauses dna i det blod man fann vid köksavloppet. Och vad har ni fått fram?" undrade han till mig och David.

David svalde hastigt ner den mjuka pepparkakan. "Inte så mycket man kunde ha hoppats på." Han torkade av sina kladdiga fingrar mot en julservett innan han räckte Kåkå uppgifterna vi fått fram under gårdagen. "Han *har* varit utomlands vid samtliga tillfällen, men resmålen är inte de samma som offrens."

"Angränsande?" undrade Kåkå.

"Nej", sa David. "Men närliggande."

Jag tog över: "Vi har skickat ut förfrågan runt hela Europa och Staterna men vid tanke på julen lär vi inte få svar i det närmaste."

Kåkå nickade. "Bra. Eftersom vi bara har att invänta massa svar har jag har enhälligt beslutat att ni slutar dagen klockan ett. Klagomål lämnas i pappersstrimlaren. Och om nån nu missat det; David tar över skutan om fem sekunder. Så med önskan om en spyfri jul och ett onyktert nyår... Vi ses den tredje januari!" Han lämnade sin skrattande grupp och skyndade till Sälen.

Klockan ett höll David på att åka hem med ungarnas önskelista men snart var jag på väg till city. Och jag säger bara det: City, två dagar före julafton. Helvetet på jorden.

”Tiiiim! Kiiiim!” Putte och Kajsa kom kutande i hallen.

Tim var överlycklig och höll med sin viftande svans på att riva ner leksakerna från den låga hallbyrån.

Jag försökte få honom lite lugnare men han for ur mina nävar som ett skott när han fick syn på David. David var dock inte beredd för han pratade i mobilen och höll därmed på att bli golvad.

”Tim!” sa jag skarpt.

Tim kom skamset lufsande tillbaka.

Putte och Kajsa berättade olika saker i munnen på varandra och jag hade inte en suck att hänga med.

”Ungar! Låt Kim komma ur kläderna innan ni pratar sönder öronen på henne.” Magda gav de brunhåriga femåringarna en moderlig sträng blick innan hon fick sina bruna på mig. ”Heeej, Kim! God jul och välkommen!”

Jag försvann motvilligt in i hennes mjuka famn. ”God jul. Hur är läget?” frågade jag hennes långa brunlockiga hår.

Magda släppte mig och plutade med sina fylliga läppar. ”Mm, full fart som vanligt. Viktor! Lina!” gapade hon inåt huset. Hon vände sig till mig igen. ”Lika bra att alla hälsar. Resten är på ingång.”

Jag funderade på att hastigt bli sjuk igen. Jag hade glömt hur mycket folk det brukade vara.

Lina, rosa som alltid, kom blygt fram och hälsade. Jag visste att man fick bäst kontakt med henne i ögonhöjd så jag kom ner på huk. ”Hej, Lina den fina. Hur går det på sexårsverksamheten då?”

Hon log lite blygt. ”För. Skole. Klass. Heter det fassis”, stakade hon läspande fram. ”Jag kan läsa många ord.” Hon räknade på fingrarna: ”Far, mor, bror…” Hon tänkte lite. ”Bok och mal!” Hennes leende visade att fyra tänder fattades.

Jag klappade hennes rumpa. ”Vad du är duktig! Kan du skriva nåt då?”

Hon nickade ivrigt. ”Mamma, pappa, ko…Lina föståsss och några ord till!”

”Oj, det vill jag se!”

Den rosa flickan hoppade iväg, för vad jag antog, hämta papper och penna. Hennes bruna lockar som satt i varsin rosa tofs uppe vid öronen studsade lustigt.

Magda skrattade lågt bredvid mig. ”Jag vet inte hur man tänkte när man bestämde att barnen ska börja skolan i den åldern.”

Jag gav henne en frågande blick.

”Ungarna kan ju inte säga ett ord rent.”

Jag skrattade lågt.

Kajsa som var lite rultig drog i min jackärm. ”Kom och titta på granen! Den är *jättefin*!”

Det tvivlade jag inte en sekund på. Magdas pappa tar alltid in den finaste han kan hitta i sin skog, och Magda har pengar nog att hänga äkta guldkulor i den om hon vill.

Efter att jag väl kommit ur ytterkläderna släpade Kajsa mig fram till granen som tronade i det enorma vardagsrummet. Den var lika tjusig som julgranarna på ett julkort eller i en Disneyfilm. Julklappar för en hel förmögenhet låg under den och jag undrade stilla om mina verkligen skulle duga.

Putte och Kajsa babblade i munnen på varandra igen men deras far räddade mig. ”Kan vi jobba i två sekunder?”

”Ungar! Kom hit!” Magda fick barnen att hastigt lämna oss ensamma vid granen.

”Nödlögn.”

Jag gav David en förvånad blick.

”Jag pratade med Tomten.” Han flirtade med ena ögat.

”Vilken stackare släpar du ut i obygden i år då?”

”Sammy. Dyrt som fan blir det.”

Jag flinade. ”Lämna in en anmälan om svartjobb på måndag.”

David skrattade till. ”Jodu, och åka på böter själv? Kom nu så du hittar en bra sittplats.” Han förde mig till matsalen som gick samman med vardagsrummet. Där brann ljus i massor, och det var dekorerat på bordet med allt man kunde tänka sig att dekorera med.

Viktor satt ensam på kortsidan med en mobil i näven och jag rufsade hans bruna kalufs. "Hej, Viktor."

Tolvåringen kikade upp och fick fram ett lätt leende. "Tja, Krimkim. Haffat nåra gangsters idag?"

"Nej, idag är jag ledig. Vad spelar du?"

Han visade mig mobilen och det var något spel jag inte begrep ens efter han förklarat. Jag tittade på hans söta barnansikte. Om bara något år skulle håret vara kroniskt fett, finnarna ta över och snoppen stå i vädret dygnet runt. Tragiskt.

Putte krockade in i min rumpa och jag lyfte upp den beniga pojken. "Du har i alla fall nåra år till på dig", råkade jag säga.

"Till vadå?" undrade David.

Jag skrattade lågt. "Puberteten."

David undrade nog vad sjutton jag hade i huvudet. Så upptäckte jag att Lina stod tyst och väntade på att jag skulle se henne. När jag väl såg henne räckte hon mig en avriven lapp.

"Jag har s, k, r, i, v, i, t till dig."

"Oh, tack!" Jag tog lappen och läste de snirkliga bokstäverna. Och insåg att här var det storebror som varit lärare. Det stod nämligen 'FITA'.

När jag åkte hem fyra timmar senare låg Tim i baksätet och brottades med det årliga julklappsbenet.

Farfar hade inte känt igen mig alls dagen före när jag firade jul med honom på boendet. Det gjorde ont i hjärtat. Men så tänkte jag på Linas lapp och minen hennes far fått i ansiktet när jag visat den. Så log jag stort för mig själv där i bilmörkret.

21

Juldagen tog jag itu med allt från farfar. Det blev i slutändan två nya sopsäckar och resten fick åka ner i förrådet. Så insåg jag att jag hade en hel del att städa ur i mitt egna hem också. Så med stereon på hög volym rensade jag ur lådor, köksskåp och garderober. Två sopsäckar senare var jag klar och slutkörd.

Jag fingrade på det enda foto som fanns på min mamma. Jag hade hittat det i en av lådorna i bokhyllan. Efter lite fundering satte jag det i bokhyllan bredvid fotot på Johnny, min kusin. Vi var inte så lika, jag och mamma. Mamma var trots sitt missbruk väldigt vacker. Och hon hade haft självlockigt hår. Den lyckosten.

Jag letade reda på två foton till och ställde dem bredvid mamma och Johnny. Ett på farfar och ett på min pappa. Jag bestämde mig för att kosta på mig några snygga ramar till fotona nån gång. Så traskade jag ner med säckarna till soprummet, och efter ett härligt avslappnande varmbad kröp jag ner i sängen med Tim och sov i tolv timmar.

David väckte mig när han ringde på dörren. Han var oförskämt pigg och på alerten och gjorde visslande i ordning frukosten. Vi käkade oss proppmätta och sen tog vi städprylarna och Tim och åkte för att hämta släpkärran på en mack. Så gav vi oss iväg.

Faktiskt hade lappen gjort sitt. Det stod redan några familjer och väntade när vi kom fram, och klockan elva var det mesta i köksväg borta och alla möbler utom bokhyllan och en byrå var borta.

När lägenheten väl var tom åkte David iväg till sopstationen och jag satte igång med städet. Det tog timmar. David kom tillbaka och hjälpte till men farfar hade inte varit mycket för att städa, så skiten satt djupt. Vi tog paus från eländet och slirade bort till pizzerian som gjorde många pengar denna annandag. Det ungdomsgäng som satt bredvid oss fick genast blickar att de avslöjat att David var Polis trots att han var helt civilklädd. Jag kände en viss stolthet i bröstet.

David fick samtal från jobbet medan vi åt, och han hänvisade dem strax vidare till jourhavande Frohm och Larsson. Ungdomsgänget fick sin bekräftelse och lämnade hastigt pizzerian.

Tim ylade utanför fönstret så vi fick ta med kaffe i mugg och halka oss tillbaka till lägenheten. Det började skymma och snö var på väg. Vi satte oss på köksgolvet och Tim la sig bredvid mina ben. Vi läppjade på kaffet under tystnad och ett harmoniskt lugn kom över mig.

Jag tittade upp på Davids profil och insåg att han faktiskt verkade vara lugnare och gladare nu för tiden.

"Varför hjälper du mig?" Min fråga ekade i lägenheten.

David höjde på ögonbrynen. "Varför inte?"

Jag ryckte på axlarna. "Du har aldrig erbjudit mig hjälp förut."

Han gav mig en sträng blick. "Jag hade inte *fått* hjälpa dig, och det vet du förbannat väl."

Jag trummade lätt med fingrarna på mitt lår. "Nej, det har du nog rätt i."

"Ja. Nu städar vi." Han kom upp och hjälpte mig på fötter. Så städade vi så svetten lackade, och David verkade lustigt nog road av skitgörat. Han visslade nämligen.

Förvånande nog kände jag inte vemod när jag låste om lägenheten. Jag kände frid, och det var mycket tack vare att David funnits där med sitt glada humör.

Vi stannade till så jag fick slänga ner nycklarna i hyresvärdens brevlåda, och egentligen skulle vi åkt förbi farfar en sväng, men jag bestämde mig för att det fick vänta. Snön vräkte ner och det skulle ta tid hem. Men det gjorde inget, David hade plockat med sig varenda hårdrocksskiva han ägde och vi sjöng oss hesa till Tims förtvivlande yl.

22

”Förhör av Conny Nilsson, personnummer…”
Jag tyckte han såg riktigt annorlunda ut. Nyrakad, ren, drogfri och säkert två kilo tyngre.
”Närvarande advokat Göran Ek…
Conny höjde på ögonbrynen. ”Kim Larsen?”
”Ja”, sa jag.
”Har du nåt smörrebröd att bjuda på?”
”Nej, och inget tjockoladewinerbröd heller.”
David som lutade armarna mot bordet spände blicken i Conny och sa med hård röst: ”London nittisju.”
Advokaten såg ut som ett frågetecken och Conny Nilsson rörde inte en min.
”Boston nollnoll.”
Connys blick flackade lätt.
”Amsterdam nollfyra.”
Han rätade ut benen under bordet och satte armarna i kors.
”Amanda Krause.”
Han satte sig hastigt upp. ”Jag har inte gjort Madde ett skit. Jag älskade henne.”
”Har vi missat nån?” sa jag.
Conny flyttade sina mörkblå till mig. ”Dra du åt helvete.”
Jens tittade in i dörrhålet på given signal.
David avbröt förhöret och vi lämnade rummet. Bakom oss vrålade Conny alla svordomar han kunde.

Vi gick tillbaka efter en timme. Hans advokat var då rakt inte glad och vi fick verkligen veta hur oproffsigt vi skötte oss. David sa lugnt att ett akut ärende är akut och inget vi kunde göra något åt.
Proceduren började om. Närvarande, dag...
”London nittisju.”

Jag älskar när David gör såhär.

"Boston nollnoll."

Advokaten började muttra lågt.

"Amsterdam nollfyra."

"Släng fram bevis eller avsluta förhöret."

David vände sin hårda blick till advokaten och jag la fram mapp-
arna jag hade haft i knäet. Advokaten tittade på Conny innan han
tog dem. David avbröt förhöret och vi lämnade dem.

"Klienten behöver gå på lunch." Det behövde visst advokaten
också.

"Maten serveras om en kvart." David blev tyst. Och sedan höll
vi oss tysta. Med ögonen på Conny. Han såg mer och mer bes-
värad ut och advokaten suckade flera gånger. Kvarten gick och vi
släppte iväg dem på lunch.

En timme senare var vi på plats igen. Advokaten luktade fimp så
jag antog att han varit ut en sväng.

David som aldrig lutar ryggen mot stolen under ett förhör vare
sig han är nöjd eller inte, nickade mot mapparna.

Advokaten tittade på Conny. Conny suckade. Och suckade igen.
Så nickade han till advokaten.

Advokaten tog fram de två mappar som innehöll dna-bevis och
fingeravtrycksmatchningar: Våldtäkt och mord begångna i Bost-
on nollnoll och London nittisju. "Min klient erkänner dessa två."

"Bra, nu börjar vi komma nån vart", sa David.

Advokaten tog fram sista mappen. "Klienten har aldrig vistats i
Amsterdam och i brist på bevisning vill jag att den delen försvi-
nner från anklagan."

Då blev det dags för mig: "Vi har ett vittne som styrker att han
var där. Står inte det?"

Conny bleknade.

Advokatens ögon sökte febrilt i texten. Han skulle inte hitta någ-
ot om den saken. "Inte ett ord om något vittne."

”Jag beklagar, sekreteraren har liten blåsa och får inte sova or-
dentligt på nätterna.”
David kickade försiktigt till mitt knä med sitt under bordet.
”Sabina Höök.” *Jag* däremot lutar mig *gärna* bak i stolen när jag
är nöjd.
Advokaten avbröt förhöret.

”Höök är försvunnen.”

Jag vaknade hastigt upp av Davids röst. ”Va?!”

”Sab…”

”Jag hörde. Hur i helvete har det gått till?! Har vi inte henne på bevakning?”

”Kom in.” Han la på.

Jag for ur sängen och hoppade i kläderna. Halvvägs ut genom ytterdörren kom jag ihåg att det var onsdag, Stina skulle åka bort. ”Tiim!” Jag visslade. Tim kom lunkande och undrade varför han skulle gå ut mitt i natten.

Jag fick med mig kopplet i farten och sprang ner till bilen. Tim kom efter men var inte alls glad att komma ut i kylan. För kallt var det verkligen.

Jag fick fart på motorn efter många försök och jobbade mig slut på de isiga rutorna. Jag var pinknödig nåt ända in i norden när jag kom in bakom ratten och gasade på.

Väl framme skyndade jag in på första bästa toa innan vi fortsatte upp till avdelningen. Det lyste inne i mitt och Davids rum och Tim visste var han var och tassade före in. Men han var för trött för att hälsa på David, så han kurade ihop sig till en svart klump på golvet istället.

David verkade inte ha sovit någonting, han hade djupa rynkor runt munnen och vid ögonen.

Jag såg på vägguret att klockan var fem över tre.

David hämtade svart kaffe medan jag fick av mig jackan. Tacksamt tog jag snart två klunkar så hjärnan fick kvickna till lite extra.

”Det fanns ingen annan bil i närheten så de var tvungna att åka på ett överfallslarm på Statoil.” David hade armbågarna på skrivbordet och vilade hakan i händerna. ”Hon har förts bort med våld.”

”Jävlar. Vad gör vi?”

Han kikade upp på mig. ”Conny Nilsson.”

Jag satte ner koppen. ”David. Du har alltid hållit dig inom ramarna. Fortsätt med det.”

Han ryckte på axlarna. ”Ring advokaten då.”

Så här tidigt på morgonen kunde jag inte minnas vad han hette.

”Göran Ek”, sa David trött.

Jag rotade runt bland våra telefonnummer. Jag hittade honom och slog numret. Nån minuter senare la jag på och tittade på David. ”Och nu?”

”Vi får vänta till sju.”

”Har inte du sovit nåt?”

Han ruskade på huvudet. ”Har du käkat nåt?”

Min tur att ruska på huvudet. ”Nej. Blunda i femton så traskar jag till macken och köper nåt gott.”

David gav mig en mjuk blick. ”Du är en ängel, Kim.”

Vi kammade noll i förhöret med Conny Nilsson. Häktet hävdade bestämt att inget samtal gått ut från deras telefon, så rummet söktes igenom men ingen mobil hittades.

Vi samlades i grupprummet när alla kommit. David tog Kåkås plats och jag insåg att karln borde sova bums

Stig Östman, rättsläkaren, kom till vår förvåning in och slog ner sin runda kavajprydda hydda på en stol. Och han såg desto piggare ut. ”Nu har alla gåtor blivit besvarade angående Amanda Krause.” Han tog fram sina papper och bläddrade med de knubbiga fingrarna tills han fick fram rätt. ”Att Conny Nilssons dna finns på kroppen kan förklaras med att de hade sex under kvällen. Obduktionen sa inget mer intressant än att Amanda Krause gillade smärtsam sex, har gjort flera aborter, var påverkad av ett flertal droger mordnatten och hade varit det de senaste tjugo åren.”

”Medvetslös vid mordet?” undrade David.

”Absolut.”

”Gravid?”

Östman ruskade på sin gråhåriga skalle. ”Nix.”

David mötte hastigt mina ögon innan han blickade ner i pappret.
”Då har vi tre avvikelser från de övriga fallen: Hon bunden, inte
de. Våldtagna, inte hon. De gravida, inte hon. Okej. Då koncen-
trerar vi oss på följande: Hitta Sabina Höök. Leta reda på Metz-
offret…” Han tystnade.
”Amsterdam”, hjälpte jag honom.
Han kikade upp. ”Ja, men hur går vi vidare där? Han nekar att
han varit där och inga inresor finns. Utan Höök…”
”Krause?” Det var Frohm som avbröt. ”Inget som binder henne
till Amsterdam?”
David suckade. ”Vi väntar på svar. Kim, du ringer Frankrike,
Jens har att pula med…”
 Jens nickade.
”… Frohm och Larsson fortsätter med sitt. Den som blir arbets-
lös tar itu med prio tvåorna.”
”Och du knoppar ett par timmar.”
David flinade besegrat åt mig. ”Visst.”

Det var inte alls lätt att hitta Metzoffret. Efter tre timmar visade
det sig till slut att hon gift om sig och lämnat landet för två år se-
dan. Så jag ringde vidare på Englands landsnummer och en tim-
me efter lunch fick jag äntligen napp och ringde Metzoffret.
David som faktiskt lytt mig och sovit en stund i vilrummet kom
ner på sin stol i vårt rum.
Jag knäppte på högtalaren och talade om för kvinnan att min ko-
llega nu var med i samtalet.
Hon berättade att hon varit gravid i sjätte månaden när det hän-
de. Hon hade suttit på ett utekafé då en man och en kvinna…
David tittade upp på mig… frågat henne om vägen till en butik i
närheten. Hon hade erbjudit sig att gå med och visa dem vägen
då den låg lite dold i en gränd. Det erbjudande hade hon varje
dag sedan det hände, ångrat.
David frågade om hon nämnt kvinnan vid tidigare förhör och
det hade hon gjort. David suckade djupt. Kunde hon beskriva
kvinnan? Det blev tyst i luren. Nej, bara att hon verkade trevlig.

De små glimtar som ibland dök upp i hennes inre syn bestod av hetsiga röster, man och kvinna. Hon tystnade igen. Så sa hon att det verkade som att kvinnan hetsade mannen.

David tog genast upp sin mobil. Jag förstod att han skulle ringa Sören för att matcha Amanda Krauses dna med dem som hittats hos offren.

Jag berättade för kvinnan att vi hade bilder hon behövde titta på. Jag frågade efter vilken Polisstation som låg närmast och sa att de skulle besöka henne inom snar framtid.

När jag tackat för samtalet var David redan klar med sitt. Han lutade sig tillbaka i kontorsstolen och hade ögonen på mig medan jag ringde och sökte numret till Polisstationen. Jag fick det strax och ringde dit. De lämnade genast ut mejladressen och skulle återkomma så fort de kunde. Jag la på och tittade på David.

Hans blick pendlade mellan mina bruna. Så satte han ner händerna med en duns på skrivbordet. ”Jag behöver simma. Hänger du på?”

Jag blev glatt överraskad. Han hade inte, vad jag visste, simmat på flera år. ”Gärna!”

Jens fick uppgiften att mejla bilderna till England, och Tim fick ligga kvar där han låg. Så knallade vi bort till simhallen. Jag hade inte simmat på ett tag så det var härligt att dyka ner i vattnet igen. David kom inte ifatt mig så jag, bara för att retas, väntade på honom vid kanten. Han kom upp bredvid mig och jag tvingade bort blicken från hans håriga bringa. Vi var fortfarande ensamma i bassängen.

”Jag har verkligen gått ner mig”, sa han buttert.

”Jag ser det, jag. Har du pustat klart?”

Han fick en road blick i ögonen. ”Tävlingssugen?”

Att jag var. Jag flinade stort och tog sats. David fick tag om krysset på ryggen på baddräkten så jag kom inte värst långt. Så kastade han sig iväg. Jag svor och jagade efter.

Ljuden från vattnet, mina andetag, Davids andetag. Samtalet med Metzoffret. Ett själsligt lugn kom över mig medan musklerna arbetade och våra andetag möttes och blandades över vattenytan.

Jag fick full kontroll över kroppen och kämpade mig förbi David och for nästan in i kaklet med huvudet. Jag kom upp på fötter samtidigt som Davids hand slog emot mitt bröst.

Han flåsade. "Oh, förlåt!"

"Ingen fara." Jag flinade. "Jag vann."

David flåsade vidare så jag skrattade och lämnade honom för att ta ett par längder till.

Badvakten var på väg ifrån David som satt uppe på kanten och väntade när jag kom tillbaka. Jag såg genast på David att något var galet. "Vad är det?" flåsade jag.

"Din farfar är på väg till Ackis." Han räckte mig handen och hjälpte mig upp.

"Vad har hänt?" Jag var gråtfärdig.

Han räckte mig handduken och min mobil. "De tror han har fått en stroke."

Tim hade tydligen inte sovit något under natten för han gick raka vägen in till sängen och lade sig. David väntade medan jag kom i ytterkläderna, så gick vi till bilarna. När jag låste upp min skrothög tackade jag för att han tagit hand om Tim under natten. David viftade bort det och klev in i sin bil.

Han hade fått veta i telefonen att det varit en stroke och att farfar troligen inte skulle lämna sjukhuset igen. Demens, cancer och nu stroke. Jag önskade farfar fick dö. Inte för min skull, utan för farfars.

Larsson hade snaggat sig så han och Frohm gick knappt att skilja på. Jag undrade stilla om deras föräldrar levde med en hemlighet. Det enda nytt som kommit in angående Amanda Krausefallet var att Metzoffret *kanske* kunde identifiera Amanda Krause. Hon hade även tittat på ett foto med Conny Nilsson, men tyvärr.

David sa till om att äldre foton på Krause skulle mejlas över. Larsson och Frohm skulle åka och hämta det. Ett ärende avskrevs. Ett annat skickades vidare. Jens skulle kontakta Holland igen eftersom ingen hört av sig. Sabina Höök var fortfarande saknad. Conny Nilsson skötte sig i häktet. Inget nytt var på gång så vi satte kvar i grupprummet med prio tvåorna. Karin, idag iklädd brunt, satt och skrev på datorn med ovanligt djupa veck i pannan. Jag undrade stilla vad som bekymrade henne så.

England hörde av sig och Metzoffret hade kunnat identifiera Amanda Krause från ett äldre foto. Jens hade bråkat klart på Holland men vi visste att vi inte skulle få några svar förrän på måndag. David visste att detsamma gällde matchningen av Amanda Krause med de andra fallen. Så med önskan om ett gott slut skickade han hem allihop.

Sista dagen på året. Jippi.

Jag låg och kikade i taket och undrade vad jag skulle köpa hem till mitt ensamma jourfirande. Någon god mat, dricka, godis, ja, absolut godis, tidningar, jag kunde ju hyra några dvd-filmer att titta på, jag kunde… Mobilen störde mina funderingar. "Hej, David."

"Tjena. Vill du ta över min tjänst ett tag?" Han satt i bilen.

Jag hasade mig upp i sängen. "Gärna. Vad har hänt?"

"Viktor dök i trappan och har slagit upp hakan ordentligt."

"Stackars Viktor. Till imorrn så du får lite rast i allt?"

"Gärna. Men dyker det upp nåt större får du höra av dig."

"Jadå." Jag kom på en sak: "Jag tar med mig Tim så bosätter vi oss på stationen sen. Skulle det bli nåt jäkelskap är det bättre han är där så han slipper vara ensam när det smälls och har sig."

"Gör så. Jag meddelar jouren om vad som händer och fötter. Du är en ängel, Kim. Hörs sen." Han la på.

Efter stadig frukostlunch, inhandling och en lång promenad åkte jag och Tim till stationen. Klockan var bara kvart i två. Lite väl tidigt men jag hade inget bättre för mig, så jag kunde lika gärna vara där som hemma. Uniformerade var iväg på något så jag gick in till vårt. Tim intog sin plats på golvet och somnade bums. När jag packat upp dagens 'hålla mig sysselsatt och mätt' packning ringde jag sjukhuset och hörde hur det var med farfar. Ingen förändring.

Jag la strax på och hörde då steg utanför rummet. Jag kikade ut genom lamellgardinen och såg att det faktiskt var David och Viktor som kom gående. Plötsligt var Tim vaken igen. Jag fick hejda honom så han inte kom åt Viktors haka.

Viktor såg inte speciellt kaxig ut med de rödgråtna ögonen, stygnen på hakan och det stora blåmärket i pannan.

"Lugnt?" undrade David och klappade Tim.

"O ja. Hur är det med hakan?"

Viktor fick fram: "Bra."

David skrattade lågt. "Bedövningen har inte släppt. Tio stygn, nytt rekord." Han rufsade Viktors bruna kalufs.

Viktor flyttade sig lite irriterat.

"Hur många gånger har du sytt nu?" frågade jag.

"Fem."

"Och snart är det dags för moppe. Ojoj, hur ska detta sluta?"

Viktor log lustigt åt mig.

David skrattade lågt. "Vi hörs sen. Kom nu min olyckfågel så åker vi hem."

De traskade iväg och jag intog position framför datorn och en bra film.

Jag hade rastat Tim för natten och han sov nu sött. Nattens arbetande uniformerade hade nyss knallat upp på taket för att skåla läsk och skåda fyrverkerierna. Jag hade en konstig känsla i ryggraden, så jag stannade kvar i vårt rum. Men jag ställde mig vid fönstret i alla fall, för fyrverkerierna skulle jag se. Radion stod lågt på och jag lyssnade med ett öra på det årliga nyårtalet. Tankarna flög iväg så jag hoppade högt när kontorstelefonen ringde. Man hade hittat en kropp i diket strax utanför stan. Patrullen trodde det var Sabina Höök.

26

Fyrverkerierna lyste upp himlen och jag svor åt mobilen. Inte en chans att få tag på någon den vägen en nyårsnatt. Jag visste David ville bli inringd så jag tog upp kontorstelefonen igen och slog numret hem till Hellmans. Upptaget. Jag tittade på Tim. Han stördes inte av de dova ljuden från smällarna och raketerna utan sov gott. Jag försökte ringa igen. Fortfarande upptaget. Jag kom i ytterkläderna och sprang ner till samband och bad dem fortsätta försöka komma fram till Hellmans. Kollegorna som varit på taket var redan på väg till platsen.

Så gick jag med snabba steg till civilbilen som stod i garaget. Jag försökte med Davids mobil igen men, nej.

En halvtimme senare hoppade jag ur bilen framför Hellmans gula residens. Det var fest och musiken ekade i skogarna. Ingen jag stötte på var någon jag kände igen och telefonen hölls upp av en full svartrockare i tjugoårsåldern.

Jag letade runt i vimlet men hittade varken David eller Magda.

Fan också, jag var tvungen att leta bland sovrummen.

Jag tog mig förbi några överförfriskade karlar och kom upp på övervåningen. Jag hittade Magda i tvillingarnas sovrum. Tack och lov hade de just somnat och Magda vinglade med mig ut i hallen.

"Var är David? Vi har fått larm."

Magda skrattade och gav mig en vinglig och alkoholstinkande kram. "Har ni ingen kom… kommu, kommuni, äh. Han *bor* inte här längre."

Jag stirrade på henne. "Va?"

Hon skrattade och dansade ner för trappan och jag följde irriterat efter. "Vi har ju *skilt* oss. Han *bor* inte *här*."

Jag började allvarligt fundera på vad människan fått i sig under kvällen.

Hon dansade vidare till det stora köket och fick fram papper och penna. Hon räckte mig strax lappen med adressen. "Varsågod. Gott nytt år!" Hon dansade vidare in i vardagsrummet.
Jag stirrade efter henne och sedan ner på lappen. Och svor en lång radda på väg till bilen. Han bodde tydligen alldeles bakom Polisstationen.

Jag kom aldrig fram på mobilen så jag hamnade till slut på Davids nya adress. Som tur var bodde han på botten och jag klev upp i snön innan jag knackade friskt på hans vardagsrumsfönster.
Han kikade upp ifrån soffan och såg jäkligt förvånad ut.
'Sätt fart!' mimade jag genom rutan. Och det gjorde han. Snart hoppade vi in i bilen och jag gasade på. David hade inte sagt ett pip och jag tänkte *definitivt* inte säga ett pip, så resan till fyndplatsen blev ordlös.

Tio meter från sista gatlyktan hade Sören Sund och hans assistent fått upp lamporna som bländade oss. Vi drog på oss reflexvästarna och gick förbi kollegernas bilar innan vi kom fram till Sören som var i gång med fotograferandet. "Vad bra att Lynley och Havers hittade hit."
Jag himlade med ögonen.
"Med nittionio procents säkerhet Sabina Höök."
Davids blick kom som hastigast på mig.
Sören klev upp ur diket och gav oss en menande blick med de ljusblå. "Förstör inte platsen."
Varken jag eller David hade skyddskläder, men David trollade fram ett par skoskydd och satte dem över vinterkängorna. Snart hade han fått på sig latexhandskar också. "Räcker det?"
Sören nickade. "Låt gå."
David som förstod att scenen påminde mig om Fabian, tog sig ner själv till byltet i snön och granskade det med min grubblande blick på sig. "Kan vi vända på henne lite?"
Sören nickade och gick ner till David som undrat.

Jag gick till de patrullerande kollegerna som varit först på plats, och bad om uppgifter. De hade blivit utskickade när tid fanns, på vad man trott var ett busstreck, eftersom en onykter flicka ringt in det.

Jag kikade runt lite medan David höll på med sitt. Kroppen kunde mycket väl ha legat där ett tag. Diket var djupt och låg strax efter att hastigheten på vägen gått från sjuttio till nittio. En sträcka man gasade på och inte brydde sig värst mycket om att kika ner i diket på. Hennes kläder hade dessutom varit vita innan väder, vind och stänk från vägen gjort sitt. Det fanns inget blod, så mot snön var det bara det blonderade håret som stack ut vid snabb titt.

När David väl var klar hoppade vi in i bilen.

Stig Östman, rättsläkaren, gled förbi i sin gamla stolthet, en grön Datsun, årsmodell sextiofem.

Jag vinkade åt honom och startade motorn. ”Vart ska vi?”

”Till mig. Vill du hämta Tim?”

Jag gasade på. ”Han får sova.”

Lägenheten hade bara två rum, som min egen. Det kändes på doften att han faktiskt bott där ett tag. De nya möblerna hade tappat de starkaste dofterna, och dofterna från David, kaffe och hans underbara duschtvål fanns i den gröntapetserade hallen.

Han visade mig ut till det mörkbeigea köket och bjöd mig att sitta vid furuköksbordet, så det gjorde jag lätt vilset. Termoskaffe och en chokladbit kom fram, men godis behövde jag då rakt inte efter timmarna på stationen, så jag ruskade på huvudet. David tog en bit själv och studerade mitt förvirrade tryne medan han tuggade. När han druckit en mun kaffe sa han: ”Första oktober.”

”Vadå?”

”Första oktober. Det var då jag flyttade in.”

”Jaha.” Jag satte blicken på min mobil jag lagt på bordet.

”Det har bara inte känts som rätt läge nån gång att ta upp det.” Han skrattade lågt. ”Jag är fortfarande förvånad att ungarna inte sa nåt på julafton.”

Jag var på väg att fnysa men blev avbruten av Davids mobil. Det var Sören som meddelade att Östman gjort sitt för stunden och kroppen var klar att flyttas.

"Synd att man aldrig får höra hela", sa jag när David lagt på.

"Hela vadå?"

"Låten."

"Du har den ju hemma", påpekade han.

Det hade jag, han hade fått den från mig. "Ja, men ändå."

David försvann in i vardagsrummet och jag hörde han stängde av teven han glömt på när jag hämtat honom. Snart klingade tonerna av 'You won't know' och jag tittade mot taket men insåg att det kom musik och sorl från någon lägenhet längre upp i huset.

David kom ner på stolen igen och han hade en bunt fotografier i handen. Han bläddrade fram några foton och gav mig dem.

Jag sjöng lågt till musiken och kikade igenom fotona som var från gruppfesten hemma hos mig. Tankarna gick tillbaka till Lars Matssons bod och de foton vi hittat i hans gömma i taket. Jag ruskade av mig minnet och konstaterade att David fanns med på alla bilder. Jag skrynklade frågande ögonbrynen. "Ja ha?"

"Titta igen." Hans röst var lugn.

Jag tittade igen men fattade inte vad jag skulle se.

"Vad gör jag?"

Jag skrattade till. "Ingenting. Tittar."

"På?"

"David, seriöst…"

"Du som jobbar inom Kriminalpolisen borde se det man inte ser."

Låten satte fart och någon granne ogillade uppenbarligen musiken trots allt. Och så såg jag. Han tittade på mig. Jag fanns bara inte i bild.

Hjärtat började slå på tok för fort och jag vägrade att möta Davids brännande blick. Så sjöng han plötsligt lågt till musiken och jag tittade upp. När jag insåg vad hans blick sa upprepade jag "Nej, nej, nej, nej…" och flydde ut till bilen.

27

Inte nog med att jag glömt mobilen kvar på köksbordet i min flykt från David. Jag hade glömt Tim på jobbet också.

Jag startade om låten för säkert hundrade gången och när texten som David sjungit kom, såg jag hans blåa ögon framför mig som förklarade sin kärlek till mig.

Jag tittade till på klockan på Dvdn och insåg att jag måste ringa jobbet. Jag hasade mig upp från golvet och gick till en av grannarna för att låna telefonen. Jag sa jag åkt på magsjukan, och när jag frågade om Tim så var han redan omhändertagen av mina kolleger. Man lovade att någon skulle köra hem honom under dagen. Att jag hade civilbilen hemma var inget jag brydde mig om att nämna.

Jag kom snart ner vid min plats framför stereon och startade låten igen.

Det ringde på dörren.

Jag hasade mig upp från golvet och ångrade att jag somnat där.

Tim flåsade i trapphuset och jag låste upp. Strax flög han förbi mina ben och in i lägenheten. Att han fått busa av sig ute var solklart.

Jag vände mig mot hundleverantören men ångrade mig genast. David satte in foten innan jag hann fullfölja tanken på att dra igen dörren framför näsan på honom. ”Lägg ner”, sa han.

Jag gick raka vägen till soffan och la mig i fosterställning.

David fick av sig ytterkläderna och kom ner på det vita bordet framför mig. Han la min mobil bredvid sig på bordet och sa: ”Vi måste prata om det.”

Jag ruskade på huvudet och kurade ihop mig.

”Okej.” Han suckade djupt. ”Sabina Höök blev kvävd till döds.”

Jag kikade upp på Davids ansikte.

”Hon dog troligen redan på natten efter de tagit henne.”

Jag satte mig upp och drog åt mig luvtröjan runt kroppen.

"Kim." Hans röst sprack lätt och jag kände stor förvirring. Det här var inte David. Inte David som bara med sin storlek, blick och röst, gav de flesta knäskak.

Mina ögon mötte hans.

Han skrattade till, lite nervöst faktiskt. "Grattis Kim, du får mig att känna mig som en tolvåring."

"Snart får du finnar i hela nyllet och går omkring med snoppen i vädret dygnet runt." Jag vet inte hur det lyckades komma ur mig.

"Va?" Han såg lätt road ut.

"Asch, det var inget."

David fick syn på min nya stora Kapten Jack Sparrowplansch som kommit upp bredvid Gladiator över soffan. Han skrattade lågt när han lämnade bordet och kom ner bredvid mig. Så sa han: "Kim. Jag vet att du inte kutade iväg inatt med nej-ramsan för att du inte har rätt känslor själv."

Jag vände blicken till den avstängda teven.

"Hade jag inte haft familj hade jag sagt som det var för länge sen."

Jag log lätt.

"Gör det nåt om jag somnar här?"

Jag tittade upp på hans profil. "Trött?"

Han nickade och blundade. "Så ända in i helvete."

Mina fingrar letade sig fram till hans hand och vi flätade ihop fingrarna. "Sov du", sa jag. "Och gott nytt år."

David mobil klingade i hans byxficka.

Jag ska döpa om den till ödeslåten, tänkte jag och slog upp ögonen.

David sov djupt så jag bände loss fingrarna från honom och puttade på hans arm. Han snusade till och kikade frågande upp med glansiga ögon. "Fan", sa han lågt och fick fram mobilen. "David."

Jag kom ur soffan och insåg att kroppen inte skulle klara att sova på golvet eller sittande i en soffa på ett tag. Jag sträckte på mig så gott det gick på väg till toan.

När jag var klar styrde jag fötterna till köket och David pratade fortfarande i mobilen. Att det var någon av flickorna hördes och att det var något trassel hördes också.

Tim kom lunkande och jag hälsade på honom innan jag fortsatte till kaffebryggaren. Köksklockan stod på sju och jag antog att det var sju på kvällen.

När David lovat sina döttrar att komma om en stund och sova över, stod bordet dukat och vi högg in på smörgåsarna. Tim hade fått sin egen mat i skålen och glufsade högljutt. Jag kikade till på David mellan varven och han var David igen. Jag började undra om allt som hänt de senaste arton timmarna varit en dröm. Men så möttes våra blickar och jag såg det jag alltid sett utan att förstå det.

Jag log hasigt och konstaterade att jag nog inte var en så bra kriminalare när det väl kom till kritan.

28

Vi hade haft fullt upp hela måndagen efter de tre stökiga helgdagar som låtit ärendena växa på hög, så klockan hann bli halv fyra innan vi samlades i grupprummet.

Kåkå såg nöjd ut. "Förutom Amsterdam är det nu bevisat att Krause närvarande vid samtliga fall."

"Även sitt eget?" Frohm var på alerten idag.

Kåkå flinade till innan han fortsatte: "Boston fick faktiskt ytterligare napp på Krause. Ett par avryckta hårtestar i en ouppklarad våldtäkt från…" Hans gråblå letade i pappret.

"New York åttionie", sa Jens. "Och det finns ett identiskt fall från åttifyra där dna saknas, av det enkla skälet att man inte tog dna då. Dna-prov gjordes på håret i det förstnämnda fallet, flera år efter man infört den tekniken, då det skett ett våldtäktsmord på samma plats hon blev våldtagen på."

"Conny Nilsson var *inte* i landet åttifyra och åttinie. Ingen kniv har använts, dock mycket våld med slag och bett." Kåkå satte armarna på bordet och knäppte händerna. "Så, vad har vi här?"

"Nilsson kanske låg hemma i Sverige och var sjuk de dagarna."

Vi skrattade till åt Frohm.

"Var hon där i jobbet?" David frågade.

"Ja", svarade Jens.

"Har nån kollat de svenskar som fanns i landet samtidigt med Krause?" frågade jag.

Jens nickade. "Ingen det finns nåt på."

"Har Holland hört av sig?" ville David veta.

Jens ruskade på huvudet.

Vi satt gäspande och funderade en stund. Så undrade jag: "Vet nån när Krause och Nilsson blev bekanta med varandra?"

David var modig nog att klappa mig på låret. "Naturligtvis. Hon hade nån annan med från början men…"

”Något hände denne och hon ersatte med Nilsson.” Kåkå slog ner händerna på stolskarmarna. ”Ni vet vad ni ska göra.” Han skyndade sig av någon anledning ut ur rummet.
Så blev det full rulle på avdelningen igen. Jag och David började ringa runt för att få in fakta kring Amanda Krauses tidigare bekantskaper. Jens mejlade Boston och bad dem skicka listor på inresande svenskar. Frohm och Larsson satte sig att söka igenom gamla ouppklarade våldtäkter i Sverige från nittonhundraåttio och framåt.
Efter femton samtal började svaret komma fram, så jag släpade med mig David upp till det upplysta taket och rånade honom på en cigarett. Efter halva ciggen sa jag: ”Den som nämns, i förbigående hos dem jag pratat med, är Conny Nilssons far.”
Det glimmade till i Davids ögon.
”Vad jag har fattat fanns han bara i bakgrunden, vid fester, ibland resor och faktiskt nåra gånger vid modelljobb.” Jag sög i mig ett hastigt bloss. ”Han jobbade tydligen hos dem som passopp, kort och gott.”
David snodde fimpen av mig och gjorde fundersamt slut på den. Så undrade han: ”Men hans namn fanns väl inte med på listorna vi fick från gruppresorna?”
”Du har tänkt för mycket, David. Vi *har* inte ens hans namn och heller inga listor från den tiden.”
Polletten trillade ner. ”Visst fan.” Han lutade sig mot ytterväggen med ryggen och såg plötsligt trött ut. ”Vad heter han då?”
”Herr Nilsson.”
David höjde på ögonbrynen.
Jag skrattade lågt. ”Jag bara dummar mig. Georg, efternamn eventuellt Nilsson.”
”Avliden eftersom han inte fanns med bland anhöriga.” David hade fått fart på de grå igen. ”Bra jobbat, Kim.”
Vi kilade ner till datorn.

”Georg Wahlström, född fyrtiofyra avliden nitti.” David skickade pappret över bordet till Kåkå. ”Mångsysslare som separerade från Conny Nilssons mor, Britt, nittonhundrasjuttio. Finns nämnd hos narkotika men ingen dom. Var i staterna vid de aktuella tillfällena med modellgruppen. Frös för övrig ihjäl efter en herointripp.”

”Vi har hittat totalt fem våldtäkter som kan vara utförda av Wahlström.” Larsson skickade över deras fynd till Kåkå över bordet. ”Ett per år faktiskt, mellan åttiosex och nittio. I dessa fall har det förekommit en medhjälpare men ingen har kunnat säga om det var en man eller kvinna. Vi öppnar dem imorron bitti.”

Kåkå lutade sig nöjt tillbaka i stolen. ”Jävligt bra jobbat.”

Karin, som tydligen valt att jobba över, kom in i grupprummet med kaffekannan.

Kåkå trollade fram en påse wienerbröd. ”Sitt med oss, Karin.”

Karin, idag gul, tackade men skulle åka hem till gubben.

”Tack!” ropade jag efter henne.

”Tack, tack!” ropade hon tillbaka.

Larsson delade ut kopparna och lät kannan gå runt.

Jag följde kannan med ögonen och funderade. Något sa mig att Sabina Hööks död inte hade med sitt vittnesmål mot Conny Nilsson att göra. Den enda gemensamma nämnaren var deras bekantskap med Amanda Krause. Och det betydde i sin tur fester och droger.

Jag flyttade blicken till David som hade munnen proppad med wienerbröd. ”Kan Sabina Höök ha varit inblandad i narkotikahandel?”

Det blev knäpptyst eftersom alla slutat tugga. Men så sa alla i gruppen med fulla munnar: ”Imorrn!”

David svalde och gav mig en alldeles för öm blick när han såg mitt frågande nylle. ”Älskade Miss Marple, vi behöver faktiskt vila.”

Jaha.

”Jag går förbi Span innan jag går hem.”

”Tack, Frohm. Be dem…”

David satte ett wienerbröd i min hand. ”Ät kvinna och håll tyst.”

Mina trötta kolleger garvade sig tårögda.

29

Jag blev väldigt förvånad när jag kom ut i mörkret för att åka till jobbet på onsdagsmorgonen. David stod med rumpan vilade mot sin bil bredvid min definitivt inplogade rostiga gamla Opel. Han hade en ganska så road min i ansiktet och morsade till med ena handen.

"Vad gör du *här*?" undrade jag.

"God morgon själv." Han visade med handen att jag skulle fortsätta förbi min bil och hoppa in i hans istället. Jag klev in på passagerarplatsen. "Morrn. Fan vad snö det kom igår."

"Ja, Magda och ungarna är insnöade." Han stängde dörren och kom snart in bakom ratten.

Jag tittade på honom i halvmörkret. "Jag förstår det. Vad händer?"

David skrattade lågt. "Kåkå. Han tyckte att eftersom det är afton och vi ändå slutar ett kunde vi stanna hemma med jour."

"Schyst att han ringde mig då", muttrade jag.

David småflinade. "Mitt fel. Jag tänkte att eftersom ditt förra besök hemma hos mig blev lite väl kort, kanske vi kan göra ett nytt försök?"

"Ja, men står det nåra jävla mexikanare med sombreros på skallen och sjunger serenader utanför ditt köksfönster, spyr jag."

Det var inte en smart idé att vara lustig kvart i åtta på morgonen. När Davids skratt väl klingade av rullade vi i alla fall iväg.

David fick på radion och slog sig ner i den svarta soffan.

Jag tittade mig omkring i det trivsamma vardagsrummet. Svart bokhylla, vinröda gardiner och den terrakottatapetserade väggen var dekorerad med några tavlor jag faktiskt kände igen från Magdas hus.

Jag tog den svarta fåtöljen och kurade upp mig i den. Det började ljusna utanför fönstret och en och annan granne passerade på väg till arbetet. Jag vände blicken till David som såg ovanligt avslappnad ut. Jag insåg att vi var närmare varandra än jag trott. Vi blev aldrig besvärade av att sitta sysslolösa under tystnad i samma rum. Jag lutade huvudet lite så jag satt bekvämt och blundade. Jag höll på att slumra till när bekanta toner kom från radion. David skrattade lågt när min namne sjöng 'Hvad gör vi nu, lille du?'.

Jag tittade upp på David som stod framför mig. Hans blick var road och han räckte mig handen. Jag tog den och kom upp på golvet. Han drog in mig mot sin kropp men jag backade lite.

"Hej, det är bara jag", sa han lågt och drog in mig på nytt. "Jag vill bara hålla om dig lite."

Jag var stel som en pinne.

"Du behöver inte vara rädd, Kim", sa han i mitt hår. "Kom." Han släppte mig och förde mig in till sängen. Han satte sig och drog ner mig till sin sida.

Jag gav honom en blick blandad av skräck och kärlek.

Med lätt skratt i rösten sa han: "Känns det alltför jävligt kan du ju låtsas att jag är Tim." Han bökade ner oss bredvid varandra med sin mage mot min rygg.

Jag ville lägga mig närmare samtidigt som jag ville fly. Men hans hand smekte lugnande min arm och jag slappnade av något. Så skrattade han plötsligt till. "Jag glömde säga att kaffet är klart."

Vibrationen från hans bringa träffade min rygg när han pratade, och hans andetag smekte mitt blekta hår. Jag blundade och mumlade: "Du luktar mycket godare än Tim."

"Jag *vet*."

Jag kände hans lugna andetag mot min rygg och sakta registrerade min kropp hans mage, rumpan mot hans ben, armen över mig och hans hand som nu vilade stilla på min arm. Hans doft tvingade sig in i min näsa och sakta började det kännas som vi var en och samma varelse.

Jag suckade ofrivilligt och Davids hand flyttades från min arm till magen. Han stannade handen under naveln där ärret han inte visste om, fanns.

Jag tittade upp mot den beiga tapeten där solens morgonstrålar lekte tafatt med de bruna blommorna.

Davids varma läppar nuddade försiktigt min hals innan han tittade ner på mig. Jag tittade upp på hans blå och mina läppar sökte hans kind och smakade lätt på den. David hittade mina läppar med sina och nuddade dem sakta. Jag drog in honom mot min kropp med händerna och hans hand smekte sakta min rygg. Jag lät våra läppar försiktigt smaka på varandra och plötsligt började 'ödeslåten' spela någonstans.

Davids blick pendlade mellan mina ögon och han drog in mig hårt mot sin kropp och kysste mig sakta. Så lämnade han mig och svarade i mobilen.

Jag släppte honom men låg kvar och tittade på hans ansikte som var avslappnat trots det pågående samtalet. Känslorna i mitt bröst svämmade plötsligt över och en tår letade sig ner mot min hals.

David som just vände sig mot mig såg tåren och log lätt innan han svarade på en fråga han fått. Så stängde han av mobilen. ”Ska vi ta kaffet nu?”

Jag satte mig ofrivilligt upp. ”Det gör vi.” Jag flyttade bort blicken från David och kände genast saknad. ”Var det Kåkå?”

”Ja. Holland har äntligen hört av sig. De fick napp i Haag.” Han skrattade till. ”En hamnarbetare hade blivit pappa på natten och hade därför kameran med sig när han kom till jobbet. Så kommer en mindre båt till hamnen och ur den kliver Amanda Krause, Conny Nilsson och Sabina Höök. Eftersom hans fru köper allt i modetidningsväg kände han igen Krause och Höök och smygfotade för att visa frun.” David ställde sig upp och tittade ner på mig med ett nöjt uttryck i ansiktet. ”Och eftersom hans sons födelsedatum finns med på negativen kan Nilsson inte längre neka att han var där.”

Jag reste mig upp och följde efter David ut till köket där kaffet doftade gammalt. Jag kom ner på stolen och fick strax koppen i handen. ”Jag har faktiskt en teori.”

David skrattade låg och kom ner mittemot mig vid bordet. ”Som inte kan vänta till fredagsmötet?”

”Jodå, men jag vill veta om jag har för livlig fantasi.”

David fick jobbminen i ansiktet. ”Kör.”

”Nilsson blev troligen vän med Krause genom fadern. Och de gick säkert på tyngre grejer redan då.” Jag tog en klunk beskt kaffe och gjorde en grimas innan jag satte ner koppen. ”I alla fall, fadern dör och Nilsson…” Jag gjorde ett citationstecken med fingrarna. ”… ”ärver” Krause. Krause saknar snart det jag tror hon själv från början var med att starta. Nilsson är troligen förälskad i Krause, och vem vet, hon kanske var förälskad i honom också.” Jag sköt undan koppen. ”Hon får honom att göra det hon vill och troligen leker de själva liknande saker när de är ensamma.”

”Skulle tro det.” David hade en min av avsmak i ansiktet.

”Hur som helst, min teori är att det där med kniven inte kommer från henne, utan från honom.”

Davids ögon studerade mig intensivt och plötsligt förstod jag att han faktiskt insett jag hade en hemlighet. Men jag fortsatte ändå lugnt: ”Jag tror inte han vill döda, egentligen. Men hans ilska mot fadern, och sig själv, blir allt större och huggen fler och de dör.”

”Var det en slump att offren var gravida?”

”Nej, så han såg till att de var det.”

David suckade djupt och lutade sig tillbaka i stolen. ”Varför?”

”För att fostret symboliserar honom själv, men också för att med ett dött foster i livmodern kan inget nytt börja gro.”

”Jesus”, pös det ur David. Hans blick och ansiktsuttryck var omöjliga att läsa av, men snart frågade han: ”Du menar alltså att det otäcka hans far har gjort och det han själv hetsas till att göra, ska få ett slut med honom?”

”Ja.”

Vi satt tysta en stund, sen sa han med bestämd min i ansiktet: ”Sätt på nytt kaffe, jag ringer Kåkå.”

Med darrande händer gjorde jag det och hörde bara svagt mummel när David pratade med Kåkå bakom stängd dörr i sovrummet. Samtidigt som jag hällde upp nytt kaffe i kopparna kom David in i köket. ”Han ringer advokaten. Du får dra om det här med Conny Nilsson.”

Jag satte mig hastigt på stolen. "Jag? Varför det?"

"För det kommer att knäcka honom."

Jag funderade lite. "Men för det behöver väl inte *jag* ta det? Jag har aldrig lett ett förhör."

"Du förstår honom, Kim." David var mild på rösten.

Jag nickade tyst med blicken på de bruna köksskåpen. Sen satt vi tysta med kaffet tills Kåkå ringde och sa att vi skulle komma in.

30

Jag var nervös. Inte bara för det jag skulle prata om, utan också för att Kåkå satt i rummet bredvid med oss framför sig på dataskärmen. Hade David avslöjat mig kunde även Kåkå göra det. Och det skulle sabba hela utredningen. Och kanske min framtid inom gruppen också.

Jag hade i alla fall David på stolen bredvid mig. Liten tröst i allt.

Conny Nilsson var svart under ögonen och jag fick för mig att han inte ätit något sen vi sågs sist.

Advokat Göran Ek hade en min i trynet som talade om att han ville byta yrke. Han fick sin blick på oss som sa att vi kunde sätta igång, så jag sa dagens datum, klockslag och närvarande. Så tystnade jag och satte mig i en avslappnade ställning i stolen. Och med lugn röst berättade jag historien om Georg Wahlström, Amanda Krause och Georgs son, Conny Nilsson.

Han rörde inte en min i ansiktet och advokaten undrade med sin blick vad jag höll på med. Så lutade jag mig lite över bordet så mina händer låg inom hans räckhåll, som för att erbjuda tröst. Och med hopp om att han faktiskt inte skulle röra mig, sa jag:

"Jag vet att du inte ville döda de tre kvinnorna, Conny."

Något fladdrade i hans mörkblåa ögon.

"Du ville bara sätta stopp."

Han släppte min blick och såg ner i bordet.

"Titta på mig, Conny."

Han tittade upp igen och blicken som var lätt vilsen pendlade mellan mig och David.

"Du ville få ett slut på det otäcka. Du ville bara sätta stopp på det du ärvt av din far."

Blicken och ansiktet fick något besegrat över sig.

Davids knä nuddade mitt under bordet. Så erkände Conny Nilsson allt för att sedan bryta ihop.

Kåkå höjde kaffekoppen och skålade i luften innan han tog en stor klunk och ställde ner koppen. ”Bra jobbat, tjejen.”

Jag himlade med ögonen.

”Jag har förresten en nyhet.”

David och jag lyssnade.

”Sabina Höök *har* figurerat i bakgrunden på två span.” Kåkå gav mig en road blick när jag belåtet lutade mig tillbaka i stolen. ”Span kollar Hööks närmaste.”

”Vi kan nog utesluta Nilsson nu”, sa David.

”Det gör vi, i det fallet.”

”Nåt nytt om Höök?” frågade jag.

Kåkå ruskade på huvudet. ”Allt köar, bara att vänta vidare.”

”Angående de gamla våldtäktsfallen.” Larsson rätade på sig i stolen. ”Vi utreder nu om Georg Wahlström befunnit sig på samma orter samtidigt som de fem offren då våldtäkterna begicks.”

Det knackade plötsligt till på glasväggen bakom mig.

Jag och David vände oss om och morsade glatt på Jamil och Adam, våra kolleger från Span.

”Tjena på er, era gamla getter!” Den brunhåriga Adam, som ser ut som en gangster, slog sig ner på kortsidan av bordet.

”Vackra svenska flicka, gifta oss idag då?” Jamil låtsasbröt och räckte mig försiktigt handen. Han fick bittert lära sig första gången vi möttes att man inte petar på mig i onödan. Han fick nämligen gå med handleden lindad i en vecka efter min hårdhänta handvridning.

”Nej, inte idag heller.” Jag viftade bort honom enligt tradition.

Jamil rabblade något beklagande på arabiska medan han hittade en ledig stol bredvid David.

”När man talar om trollen”, sa Kåkå. ”Vad har ni på hjärtat då?”

Jamil fick fram ett foto ur jackan och, nu på ren svenska, sa: ”Jag tror ni vill se det här.” Han petade över fotot till David.

David tittade på det och skickade snart vidare till mig. Det var ett par i trettioårsåldern som var på väg ut ifrån en bilverkstad. Att det var just en bilverkstad fattade man för det stod en bil i luften i bakgrunden. I varsin hand höll de en liten pojke i treårsåldern. Inga bekanta för mig.

Jag skickade fotot vidare till Jens och frågade Jamil: "Vilka är det?"

"Efter ett visst forskande kom vi fram till att den där bruden, Marika Tillman, faktiskt är kusin till Sabina Höök." Jamil gnuggade till sin stora näsa. "Typen hon är gift med, Stefan, är dömd för innehav, langning och grov misshandel."

Jag visslade.

"Inte här i stan väl?" undrade Jens.

Alla i rummet ruskade på skallarna.

"Skrivna?" undrade Larsson.

"Samma adress", sa Jamil. "Man går in till bostaden via dörren till vänster om portarna."

"Och det är lagligt?" undrade jag.

Kåkå vickade på huvudet fram och tillbaka. "Tja, finns det bara brandväggar och inga farliga vätskor förvaras där, är det nog godkänt."

Vi skrattade till vid farliga vätskor.

Frohm höll i fotot. "Har ni sett nån verksamhet?"

"Inget uppenbart men vi kör tjugofyra sju där nu. Vi ska strax iväg och byta av Sanna och Tina."

Kåkå trummade med fingrarna mot bordet. "Bra. Pip till om ni går in."

"Självklart." Adam reste sig och Jamil gjorde detsamma. "Morsning", sa de i munnen på varandra.

"Mors", sa vi.

Kåkå lutade sig tillbaka i stolen. "Nej, vad tycker ni? Ska vi stänga butiken för idag?"

Jag kikade på väggklockan som stod på fem i tolv. "Vid tanken på att vi har en timmes lunch och slutar ett, kan vi nog sitta fem minuter till."

Kåkå kikade förvånat upp på klockan. "Fan vad tiden kutat iväg. Inte konstigt det knorrar i kistan."

Fler magar höll med honom.

"Ska vi käka tillsammans?" undrade Larsson.

Alla tittade på varandra och sa i kör: "PIZZA!"

Karin, idag knallrosa, skrattade lågt när vi seglade förbi på rad med jackorna i nävarna.

Vi hamnade på Polishusets favoritpizzeria några kvarter från stationen, och många av våra kolleger hade valt att äta lunch där denna trettondagsafton. Efter lång väntan åt jag alldeles för fort och snart tog det tvärstopp. Medan jag satt och tittade på min grupp som intog ofantliga mängder mat började dagens alla spänningar släppa.

Vid grannbordet satt några uniformerade och pratade om alla olyckor som varit under morgonen. En av dem, som varit en singelolycka, hade hänt nära stadsgränsen, den vägen jag alltid åkt när jag skulle till Sala. Tankarna fastnade hos farfar och jag fick en stark känsla av att jag måste dit. Fast det kanske bara var för att David upptäckt min hemlighet som fick mig att plötsligt vilja dit? Jag försökte skaka av mig känslan och funderade istället på var fanken karlar gör av allt de stoppar i sig.

Kåkå bjöd på kaffe och mazarin efter maten innan han skulle iväg och göra nåt privat med Sören Sund. Förvånande nog tackade David nej till mazarinen. När vi fikat klart försvann männen en efter en och snart var det bara jag och David kvar.

David lutade sig bak i stolen och kvävde en rap. "Vad du ser bekymrad ut då."

Jag ryckte på axlarna. "Jag fick plötsligt bråttom att åka till farfar", erkände jag.

Davids rygg lämnade stolen igen. "Då åker vi dit."

Jag nickade tyst. Så gick vi till stationen och hämtade Davids bil och åkte till sjukan.

Sköterskan såg förvånad ut. "Jag skulle just ringa dig. Det har gått fort de senaste timmarna."

David tog min hand och vi gick in på rummet. De hade släckt ner taklampan och den lilla lampan över bänken spred ett lugnande sken.

Sköterskan stängde om oss, och jag hängde av mig jackan på en stol vid sängen innan jag satte mig. David tog fram en egen stol och kom ner snett bakom mig. Farfar såg ut att sova och det var bara andningen som talade om att han var på väg bort. All utrustning var bortplockad så det enda ljud som fanns i rummet var våra andetag.

Jag smekte sakta hans tunna hår och kalla kind. Så tog jag hans kalla hand och la mitt huvud på hans axelfäste. David höll sin hand vid min midja och jag blundade. ”David är här”, sa jag lågt. ”Jag älskar dig, farfar.”

David kom närmare och hans värme spred sig tröstande till min rygg.

”Och jag älskar David”, nästan viskade jag och David gav ifrån sig ett svagt ’mm’.

”Allt är som det ska vara. Du kan gå nu.”

Tystnaden tog över och bara mina och Davids andetag hördes en stund. Så drog farfar en sista lång djup suck.

Jag slutade själv att andas och tystnaden sa att David också gjort det. Rummet fylldes av tystnaden och jag visste i det ögonblicket att hans själ reste dit själar reser. Så drog jag sakta in luften i lungorna och släppte farfars hand innan jag vände mig till Davids famn. David höll mig hårt och sa lågt: ”Nu har han det bra, Kim.”

Tårarna kilade ner för min kind. Jag förstod plötslig vad David menat med att ett hem kan vara en människa.

Jag lånade Davids dusch och värmde mig länge i det varma vattnet. Jag var kollosalt trött trots att klockan bara var sju. Stina var hemma igen och skulle ta Tim under kvällen och natten så jag slapp åka hem.

Jag vred av kranen och torkade mig torr innan en av Davids svarta t-shirtar fick åka på. Så tassade jag ut till David som satt i soffan och såg bekymrad ut.

”Fan vad kallt du har det”, tyckte jag.

Han tittade upp men blicken hamnade hastigt på det svarta bordet istället. ”Kryp ner i sängen så kommer jag och värmer dig en stund. Jag måste iväg en sväng sen.”
”Vad är det nu då?”
Han log snett. ”Lina längtar efter pappa.”
”Lina, den fina”, sa jag och skyndade in till sängen. Jag kom ner mellan de kalla lakanen och huttrade friskt.
David skrattade lågt åt mina skallrande tänder och kröp ner bakom min rygg. ”Bara som upplysning så brukar jag sova med fönstret öppet.” Han drog in mig mot sin varma bringa.
”Det blir nog bra det”, huttrade jag.
Han skrattade lågt. ”Jag kommer att värma dig. Och Tim.”
”Och alla ungar när de är här.”
”Jag har för liten lägenhet”, konstaterade han.
”Du byter *inte*. Jag vill kunna gå till jobbet ibland.”
David kom upp på armbåge och kikade ner på mig. ”Du kan ju flytta hit.”
Det var ingen bra idé. ”Jag vet inte det jag.”
”Jag ska inte pressa dig.”
”Jag ska tänka på saken.”
Jag fick en puss. ”Bra. Somna nu så jag kan åka till ungarna och natta *dem*.”

Jag vaknade när han kom ner i sängen igen, så jag smög in mot hans håriga bringa. Hans hand smekte min rygg över t-shirten och han suckade lätt. ”Magda hälsar och beklagar.”
”Tack.” Jag kom på en sak: ”Du. Kommer du ihåg när jag var sjuk sist?”
”Mm.”
”Vart ringde du när jag bjöd på pizzan?”
Han drog mig närmare. ”Svararn på jobbet.”
Jag muttrade lågt.
”Och vill du att jag ska hålla fingrarna i styr i fortsättningen behåller du behån på.”
Jag log i mörkret och somnade om.

31

Tims varma och fuktiga nos killade min näsa.

"Nej, Tim", sa jag och gned två fingrar där det killade.

Tim skrattade lågt och jag kikade förvirrat upp.

"Go morron", sa David.

Jag log och sträckte ut kroppen under täcket. "Morrn."

Det kom musik och glada barnröster från vardagsrummet och jag gav David en frågande blick.

David gav mig en mjuk blick till svar samtidigt som tvillingarna kom jagandes. Putte hoppade upp vid mina fötter och Kajsa låg sekunden senare framför min näsa. "Var är Tim, Kim?"

Jag rynkade lätt på näsan åt hennes andedräkt som doftade både lakrits och messmör. "Hos min granne Stina." Mina ben blev misshandlade av Puttes beniga kroppsdelar. "Putte, du är vass."

David kom upp på golvet och lyfte ner sonen från sängen. Putte försvann ut ur sovrummet men Kajsa låg kvar med ansiktet en centimeter från mitt. Plötsligt fick jag en puss på kinden av henne, så hasade hon ner på golvet och kutade efter Putte.

Jag tittade på David som hade en lätt road min i ansiktet. "När kom de då?"

David log snett. "Med mig igår kväll. Magda ville ut på krogen så det slutade med att jag släpade hit hela högen."

Jag hasade mig upp i sittande ställning i sängen. "Törs jag gå barbent till dasset?" Mina arbetsbyxor hängde kvar där.

"Jag tror inte de biter dig i vaden." David var road.

Jag gjorde en grimas. "Det var inte det jag menade."

Han skrattade lågt och lämnade rummet.

Jag trodde han gått för att hämta mina byxor, men så hördes kaffekannan slå emot något i köket. Jag stirrade med halvskrämd blick ut i hallen som var tom. Så hoppade jag hastigt ur sängen och kilade till badrummet. Jag hörde att David skrattade lågt åt mig när jag drog igen dörren.

När kläderna kommit på och håret hamnat i en ny knut på skallen gick jag ut till kaoset i köket. De fyra stolarna var upptagna och David stod lutad mot diskbänken. Han hade koppen i ena handen och en limpsmörgås i den andra.
Jag hejade på Lina och Viktor som pratade med fulla munnar. Så ställde jag mig bredvid David och skådade förödelsen på bordet.
"Ta lite frukost", sa han och fick in halva smörgåsen i munnen.
Puttes pekfinger var för stunden djupt inne i näsan en sväng och hamnade strax på frallan han åt på.
"Jag vet inte om jag är så hungrig", sa jag, men magen protesterade högt mot det jag just sagt.
David svalde och nickade mot bänken bredvid mig. "Baskiluskfria mackor åt damen ligger där."
Jag hittade tre ätklara smörgåsar på en assiett. "Tack", sa jag och gav David en tacksam blick.

Vardagsrummet var bombarderat med två madrasser, täcken och kuddar. David fick på en film Viktor och Lina kunde kika på medan Putte och Kajsa fick på sig overaller och stövlar. När jag och David kommit i ytterkläderna gick vi till bilen.
"Jag fattar inte hur ni orkar", sa jag när barnen var på plats i bak och David kommit in bakom ratten.
David bara skrattade lågt och fick fart på motorn.
Ungarna satt och tjattrade i baksätet men vi satt tysta under resan. När vi stannade på min gata och jag skulle hoppa ur, sa David: "Ta ledigt imorrn och fixa allt."
Jag nickade tyst.
"Jag snackade med Kåkå igår så du behöver inte ringa."
"Tack." Jag kikade upp på honom och ville bara försvinna in i hans famn. Men jag klev ur med ett hej, vinkade till barnen och gick till porten. Bakom mig rullade Volvon iväg och jag gick in.

Tim behövde kuta av sig så vi tillbringade en timme i skogen. När han somnat under vardagsrumsbordet knäppte jag på radion och satte mig i soffan med mobilen i näven. Jag behövde ringa min kusin och en gång bästa vän, Johnny, och lämna dödsbudet. Mumford and Sons 'Timshel' kom ur högtalarna, och jag svalde gråten som trängde i strupen innan jag letade redan på Johnny i telefonlistan och ringde honom.

Trots att han pratade med låg röst hördes den amerikanska brytningen. "Hej, honey."

"Väckte jag dig?"

"No."

"Var är du?"

"Afghanistan." Det blev också på engelska. "Hur är det?"

"Farfar dog igår." Det var jobbigare att säga det än jag trott.

"Gick det lugn till?"

"Ja. Kan du ta dig hem till begravningen?"

"Ja." Lite tystnad. Jag visste att han grät. Och det var inte bara för dödsbudet, han grät alltid när vi pratade med varandra.

"Johnny", sa jag lågt.

"I'm okey. Ring om date."

"Jadå. Hörs sen. Saknar dig."

"Miss you too." Han la på.

Vi hade inte setts på arton år. Med minnen från förr och med tankar på David, blev jag länge sittande i soffan med blicken ut i rummet.

32

Fredagsmorgonen tillbringade jag med mobilen mot örat. Jag bokade tid hos begravningsbyrån till eftermiddagen, sen hade farfar bokade läkarbesök som jag avbokade och några prenumerationer avslutades.

Efter lunch åkte jag till hemmet i Sala och sa upp boendet och gick igenom farfars saker. Det var inget att ha kvar så jag fyllde en svartsäck som fick åka i soptunnan på väg till bilen. Känslorna tog över ett tag men snart kunde jag åka därifrån för sista gången.

Jag tänkte ta av mot begravningsbyrån men bestämde mig hastigt för att ta en annan väg. Efter en stund parkerade jag på grusvägen nedanför Johnnys gamla hus.

Jag stirrade mot huset som inte längre var rött utan vitt. Jag undrade vad Johnny skulle tycka om färgbytet.

Jag såg mig själv stå snyftande och bankande på dörren som då var brun. Det var Johnny jag behövde den augustikvällen, efter att ha hittat Danne i säng med en kvinna jag aldrig sett förut. Men Johnny hade inte varit hemma. Och när han kom med nästa buss en timme senare, var det för sent.

Jag skakade av mig minnena och körde tillbaka till stan och begravningsbyrån och parkerade. Jag var för tidig och satt därför kvar i bilen som immat igen, när David ringde. Han hade inget av vikt att säga mer än att ett av våra ärenden var avslutat.

Jag frågade hur det var med ungarna och han sa det var bra och han skulle dit efter jobbet. Viktor hade blivit av med stygnen men fått nya blåmärken i pannan efter en tur i pulkabacken. Jag skrattade lågt och insåg att jag saknade barnen lite.

David frågade om vi kunde träffas på söndagskvällen. Jag tvekade lite, jag skulle ut på krogen i morgon kväll, men sa att han kunde komma om han köpte med sig middag. Han skrattade och lovade att göra det. Vi la på och jag kikade på klockan. Den var dags, så jag klev ur bilen och gick snart in i lokalen.

Det var faktiskt mitt första besök på en begravningsbyrå och jag blev full i skratt av allt. Den stämning som rådde fick mig genast att tänka på ordet likvaka. Fast det är väl meningen kanske.

Musiken som kom någonstans ifrån fick mina öron att gråta, och mannen som tog emot mig såg ut som han just klivit ur graven med kavaj och allt. Jag visste faktiskt inte om jag skulle bli rädd eller börja gapflabba.

Han visade mig in i ett litet krypin som var varmt och ombonat. Till min stora förvåning.

Med lågmäld röst började han presentera olika kistor och blommor och jag blev bara irriterad på alltihop. En zombie med beklagande röst som försöker sälja den dyraste kistan. Och efter att ha gett kunden, idag jag, dåligt samvete, hade zombien sålt den dyraste kistbuketten. Så skulle det väljas vers till dödsannonsen. Hej och hå. I minnet du lever… Som ljuset sakta brinna… Din låga har slocknat… Nu rösten har tystnat… Jag hittade ingen.

Zombien upplyste mig att jag kunde skriva något själv. Med våldtäkter, knivskärningar, skottskador och övergrepp i min vardag är det svårt att hitta vackra ord. Tro mig. Jag grubblade i min ensamhet efter zombien sagt att jag kunde säga till när jag var klar, och lämnat rummet.

Tonerna från 'ödeslåten' började klinga i mitt huvud och tankarna flög iväg. Farfar hade aldrig fått veta varför Johnny lämnat oss. Jag undrade om han visste det nu. Att Johnny lämnat landet för han inte klarade av att se mig efter våldtäkten. Och visste farfar nu hur jag faktiskt mist min ofödda dotter?

Jag suckade lågt och tankarna gick till David. På den han var för mig nu och den han varit för mig för bara några veckor sedan. Och hur David tänkte hantera vetskapen om min hemlighet hade jag ingen aning om. Farfar vet säkert, tänkte jag. Han vet allt nu. Precis så är det. De ser allt men vi ser inte dem. Utom ett och annan medium då möjligen…

Jag suckade igen och skrev: Nu vet du alla hemligheter.

33

Danne, min gamla klasskompis och dessutom exmake, log när jag kom in i restaurangdelen. Han hade hittat en mysig hörna med ljus på bordet och jag fick av mig jackan och slog mig ner.
Han gav mig en lätt onykter blick med de bruna. ”Tjejerna är i baren.”
Jag hissade upp ögonbrynen. ”Vill de inte äta?”
Han ruskade på den bruna kalufsen. ”Alla har käkat hemma.”
Jag antog att de varit tvungna att laga mat till familjerna innan de gav sig ut på nöje.
”Vad är du sugen på?” Dannes blick sa att han inte ville höra en maträtt till svar.
”Kött.”
Han såg besviken ut. ”Då tar jag också det.” Han kallade på kyparen och vi beställde det vi ville ha. När kyparen lovat mig väl genomstekt kött lämnade han oss och Danne fick en lite undrande blick i ögonen. ”Har du skaffat pojkvän?”
Jag hade ingen lust att gå in på mig och David. ”Att du fått nåra snabbisar genom åren betyder inte att du kommer att få fler.”
”Några? Jaja, man kan ju alltid försöka.” Han lutade sig tillbaka och slängde upp kängan på knäet. ”Är det bra annars?”
Jag hade inte lust att prata döden heller. ”Bara bra. Hur är det med familjen?”
Med den frågan visste han att det definitivt var kört att få sig ett ligg. Han är nämligen gift med kvinnan han var otrogen mot mig med.
Han gav mig en besegrad blick. ”Bra med alla.”
Jag kände att någon tittade på mig så jag kikade ut över matgästerna.
Till min stora förvåning satt Larsson och vinkade glatt åt mig. Jag vinkade med fingrarna och såg att han hade Frohm bredvid sig. Mittemot dem satt Larssons flickvän och bredvid henne satt

Lotta, en av våra uniformerade kollegor. Frohm hade ögonen på Lotta och jag skrattade lågt och ruskade på huvudet.

Larsson med flickvän, Frohm och Lotta följde med oss upp till baren efter maten. Mina och Dannes gamla klasskompisar var redan rejält på örat och Danne flinade när han såg att Petra, gift fembarnsmamma, hittat kvällens hångel.

Det var åttiotalsmusik som gällde denna afton och när jag var tillräckligt onykter tog jag mig ut på dansgolvet en sväng. Men magen ogillade mitt hoppande så jag slog mig snart ner bredvid Frohm. Han satt med de blå på Lotta som dansade i det färgskiftande skenet.

"Frohm", sa jag högt och rapade. "Du har ingen chans där."

Frohms glansiga blick kom till mig. "Fan, är hon gift?"

"Nej."

"Pojkvän?"

Jag fnittrade. "Nej."

Han stirrade på mig ett tag. "Nä, lägg av?!"

Jag fnittrade och tog hans öl. Efter tre stora klunkar fick han tillbaka ölen. "Jo."

"Vilken jävla *miss*." Frohm drack grubblande ur det sista och gav mig glaset. "Bjud på en ny."

Jag var road åt hans stora tabbe och gick flinande bort till baren. Danne satt på en barstol och pratade högt med Nanna, en av tjejerna från vår gamla klass.

Jag beställde en ny öl till Frohm och hade plötsligt någon flåsande i mitt öra. En hand strök över min rygg och närmade sig baken.

Frohm, som sett vad som hände, kom och ställde sig bakom äcklet med ena armbågen lutad mot bardisken. "Det är nog bäst du slutar tafsa på bruden nu om du vill komma ut härifrån med hela kroppsdelar."

Äcklet som nu hade handen på min rumpa, klämde till min skinka hårt. "Oh, så rädd jag blir." Han låtsades bli rädd och flinade sedan stort.

"Det är inte mig du ska vara rädd för", sa Frohm med lugn röst.
Äcklet skrattade högt tills hans blick mötte mina ögon. Hans hand försvann strax från min bak och han gick sin väg.
"Han borde tacka mig", tyckte Frohm.
Jag log roat men blev sedan allvarlig. "Tror du man kan lifta med er hem?" Jag hade ingen lust att åka buss igen, taxi var för dyrt och jag visste att Larsson var nykter.
"Självklart. Beklagar sorgen förresten."
Danne hörde visst vad Frohm sa för han gav mig en frågande blick över Nannas huvud.
Jag struntade i honom och beställde en egen öl.
Danne klev ner från barstolen och kom fram till mig. "Du sa att allt var bra." Han gav mig en besviken blick.
"Allt *är* bra", sa jag. "Farfar har somnat in och jag är här för att ha roligt."
Danne gav mig en puss på kinden. "Okej."
Frohm hade nog inte hört vad jag och Danne sa till varandra för han såg lätt chockad ut efter pussen.
Danne lämnade oss och jag, som hörde Billy Idols "Dancing with myselfe" drog igång i högtalarna, hoppade ut på dansgolvet och gjorde just det.

"Ringer på måndag efter jobbet!" ropade Danne efter mig när jag vinglade bredvid Frohm till Larssons bil.
Larsson hade skjutsat hem flickvännen så bilen var varm och skön. Jag fick äran att sitta i fram bredvid Larsson och det var jag glad för. Det hade blivit ett par öl för mycket så det var lite sjögång i magen.
Kvart i fyra klev jag in i lägenheten och somnade i soffan.

34

David hade köpt med rostbiff och underbar potatissallad. Tim tiggde åt sig mer än han borde äta så jag fick gorma på David.

"Men det gör…"

"Jag har tvättat och städat hela dan med bakfylla, så vill du ut inatt i femtongraders kyla med en hund som spyr och skiter diarré, varsågod."

David tittade ner på det lilla han hade kvar på tallriken. "Ja, ja." Han sköt undan den.

Jag skrattade lågt. Han är inte kräsmagad i vanliga fall men nu hade han ätit för mycket. Och för fort. Han rapade och gav mig en ursäktande blick.

"Rapa på du. Och sätt på kaffe."

Det gjorde han, i den ordningen.

Tim gav upp om att få något mer och gäspade stort och ljudligt.

"Gå och lägg dig", sa jag.

Det gjorde han, i den ordningen.

David lutade aktern mot diskbänken. "Hur gick det för dig då? I fredas?"

Jag himlade med ögonen. "Där kan man snacka om taskig stämning, du."

Han skrattade lågt. "När blir begravningen?"

Jag suckade. "Fredag."

Han höjde på ögonbrynen. "Det var snabbt."

Det tyckte jag också.

"Kommer det många?"

Jag ruskade på huvudet. "Min kusin Johnny bara. Och han är också barnlös så vi är de sista i den här Larsenska grenen."

"Det är inte för sent än."

"Jo. Han är bög."

"Vad gör han?"

"Amerikansk fältläkare."

”Å, fan.” David tänkte en sekunder. ”Militär?”

”Japp.”

Kaffebryggaren tystnade och David hällde upp kaffet och räckte mig koppen när han slog sig ner. Jag visste att hans hjärna la en pusselbit på plats.

”Jag hoppas det inte är enbart mitt fel att du lämnat familjen”, sa jag.

”Det är det.” David fick en sval blick i ögonen. ”Men jag har inte lämnat familjen. Jag har lämnat Magda.”

”Du har ju flyttat ifrån dem.”

”Kim.” Han suckade. ”Jag bor inte med dem men finns alltid där ändå. Alltså har jag inte *lämnat* dem.”

Som min mamma gjort.

Han skrattade lågt. Och lite bittert, faktiskt. ”Kommer du ihåg Arthur Hansson?”

Det gjorde jag inte. ”Vem var det?”

”Träskliket.”

Jag började skratta. Vad fasen hade träskliket med saken att göra? Det var ett av våra första gemensamma fall. En man hade hittats död ute i ödemarken i ett träsk av en bärplockare som gått vilse. Han var knivmördad och därför hade vi kallats till platsen. Inget konstigt med det.

Jag suckade och skrattade lite till. Sen bet jag mig i läppen. David var nämligen inte ett dugg road.

”Ja, ja, jag kommer ihåg träskliket.”

David fick något ömt i blicken. ”Du slog på arslet i leran så det skvätte om det. Du höll dessutom på att få med dig mig ner, så jag nästan hamnade på liket.”

Jag flinade. Det hade jag gjort.

”När jag gormade och hade mig samtidigt som jag hjälpte dig upp, lämnade jag Magda.”

Jag såg nog jäkligt fånig ut för David småskrattade. ”Dina förbannade ögon, Kim. Blicken jag fick golvade mig fullständigt.”

Jag skärpte mig. ”Vaddå, tänder du på min mördarblick?”

David skrattade lågt. ”Du har allt annat än mördarblick i ögonen när du tittar på mig, Kim.”

Jag lipade. "Du sa att du flyttade i oktober", påpekade jag.

"Ja, det gjorde jag." Han log snett. "Jag var såld i samma sekund du klev in på avdelningen, men jag lämnade Magda med hjärtat för gott den dan. Och ärligt talat tror jag inte hon brytt sig om det på hela tiden. Jag hade inte råd att köpa något, och inte förrän nu i augusti fick jag lägenheten, annars hade jag flyttat för länge sen."

Jag lutade mig tillbaka i stolen. "Grattis, David. Du är världsmästare på att hålla saker hemligt. Jag säger upp mig imorron bitti."

"Det gör du *inte*. Nog snackat om det nu. Har du nåt kaffebröd?"

"Godisråtta. I skafferiet."

Han fick hastigt fram ett paket kakor och fick i sig tre i en tugga. "Var inte du mätt?"

Han svarade med full mun: "För fem minuter sen, ja."

Eftertexten på långfilmen rullade på teven.

"Hur *sjutton* kunde du lista ut att det var brodern? Det fanns ju *inget* som avslöjade det."

Jag rufsade Davids mörkbruna hår som vilade i mitt knä. "*Det* ska jag tala om för dig. Jag såg filmen på nyårsafton."

Davids händer hittade min midja och killade mig. "Det är fusk, din…"

"Sluta!" skrattade jag och försökte med lite lätt panik komma ifrån fingrarna.

"Din brunögda lilla…"

"Sluta!" sa jag, nu med full panik i rösten.

Tim började skälla och kom upp från golvet.

David slutade hastigt och kom upp i sittande ställning. "David är snäll nu", sa han till Tim.

Tim blev förvirrad och lade sig ner igen.

"Förlåt", sa David lågt och drog in mig mot sin kropp och kysste mig plötslig med bestämda läppar.

Jag ryggade först tillbaka, men hans doft, smak och kropp fick mig att längta. Jag drog in honom hårt mot mig och besvarade hungrigt kyssarna.

35

Jag fick på mig t-shirten och kom hastigt ur sängen. David gäspade högt bakom mig och tände nattlampan över sängen. Teven stod fortfarande på i vardagsrummet och det var nyheterna.

Jag klappade en grinig Tim som fått sova på golvet, och skyndade till badrummet och låste om mig.

En kvart senare öppnade jag dörren och krockade med en naken David som genast låste in sig. Jag log för mig själv när det började skvala häftigt bakom mig.

Tim steppade runt och jag insåg att han skulle behöva ut bums. Jag slängde hastigt på kaffet och skyndade sedan ut med Tim i mörkret och kylan.

Väl tillbaka krockade jag med David igen, den här gången i dörrhålet till köket, och han drog in mig i en lång kram. Han hade använt mitt schampo, kände jag. Så satte vi oss och kastade i oss frukosten. Vi pratade inte, det behövdes inte, och snart var vi på väg till stationen.

David kom rullande efter mig i garaget och jag skyndade ur bilen. Hastigt slog jag koden och drog kortet så vi skulle komma in i trapphuset. David hann ifatt och vi skyndade upp till vår våning och proceduren med kod och kort upprepades. Vi skyndade in på vårt rum och slängde av oss jackorna och vidare förbi Karin, idag vit, och in till grupprummet.

"Förlåt att jag är …", började jag säga, men Kåkå, Jens, Larsson och Frohm satt igång att klappa händerna när de fick syn på Davids orakade haka bakom mig.

"Skitkul, gubbar." David drog ut stolen åt mig och slog sig ner själv. Med våra kollegers flinande trynen som åskådare.

Till min stora förtret kände jag att jag rodnade.

Arbetspasset var slut men David satt kvar vid skrivbordet med någon i luren. Jag visste David skulle till barnen, så jag vinkade med fingrarna och traskade ner till bilen. Jag behövde handla hem käk till Tim så jag körde på isiga gator till den butik som var billigast på hundmat. Bilen gick lite halvtaskigt men det var inget ovanligt med det. Men när jag handlat klart ryckte bilen allt mer och jag blockerade snart trafiken bakom mig.

Fan också.

Jag tittade efter något ställe jag kunde köra undan på medan jag funderade på om jag hade råd med en ny bärgning av bilen eller inte. Men så såg jag till min stora glädje en mindre skylt som det stod bilverkstad på.

Jag pekade långfingret åt bilen bakom som tutat på mig den senaste minuten, och tog mig sedan ryckande in på gården.

Det fanns en ensam lampa som lyste över de stora portarna och jag parkerade framför dem. Jag klev ur och halkade mig fram till porten som jag öppnade. Så kom jag av mig alldeles.

Stefan Tillman, gift med Sabina Hööks kusin, stod därinne och torkade händerna på en trasa. Han tittade upp när porten gnisslade och min hjärna försökte koppla ihop hur fan jag lyckats hamna just här. Men nu hade jag det och måste rädda situationen.

"Hej, jag undrar om du har tid att kika lite snabbt på min Opel?" Jag pekade bakåt med tummen.

Det började surra om min mobil i bröstfickan på jackan men det brydde jag mig för tillfället inte om.

Stefan Tillman, som var iklädd en oljefläckig blå overall, kom förbi mig. "Backa den så jag kommer ut med den här." Han öppnade porten helt och jag halkade tillbaka till min bil. Mobilen slutade surra och jag startade bilen.

När Tillman backat ut Golfen ryckhoppade jag mig in i verkstaden med bilen och slog av motorn.

Han skrattade med ett gulligt smil och kikade in på mig med roade gröna ögon. "Du har inte funderat på att köpa dig en ny?"

Jag flinade och drog i spaken så motorhuven skulle gå att öppna. "Många gånger. Men jag lider av separationsångest." Jag ljög inte. "Jag har haft han i tio år." Jag ljög inte nu heller.

Stefan Tillman gick fram och öppnade motorhuven samtidigt som jag klev ur. Han kliade sig i det skitiga ljusbruna håret. "Fan, jag kommer knappt ihåg hur såna här motorer fungerar."
Mobilen började surra igen och jag blev lätt irriterad. Jag tog för givet det var Danne, eller möjligen någon av tjejerna från i lördags som ville skvallra. Och skvaller var det inte direkt läge för nu.
Jag ställde mig och glodde ner i motorn. "Vad tror du det kan vara?"
Tillman skrattade till och blev sådär gullig igen. "Allt." Han nickade med huvudet åt höger. "Du kan värma dig i fikarummet så länge."
Jag såg att det fanns ett rum därborta med ett stort fönster in mot verkstaden. Nu när jag ändå var där kunde jag ju snoka lite. "Ja, gärna", sa jag.
Mobilen tystnade igen och jag gick förbi några bilar mot fikarummet. Jag funderade på hur hans gulliga flin kunde hänga ihop med grov misshandel samtidigt som jag noterade att det fanns en dörr ut mot baksidan av verkstaden.
Röster kom från fikarummet och jag kunde se genom fönstret att det förutom Marika Tillman med son, fanns två bjässiga män vid bordet. Barnet skrattade gott åt något och den förbaskade mobilen satte igång med surrandet igen.
Jag stack in huvudet i dörrhålet och sa: "Hej, det skulle visst finnas kaffe här?"
Och plötsligt förstod jag varför min mobil stört mig så förbaskat.

36

Robin Ohlsson, fyrtiofem, uppväxt på fler fosterhem än han har fingrar, dömd för narkotikabrott tre gånger, grov misshandel två gånger, och senast jag sett honom; grovt våld mot tjänsteman, stirrade mig rätt i ansiktet.

Jag kunde ha kutat, det kunde jag. Men han gav mig inte den chansen. Innan jag ens fattat vad som hände slog axeln våldsamt emot hårt och jag skrek till av smärta. Halva ansiktet blev upptryckt mot den knottriga betongväggen, och barnet började gråta högt och hans mor skrek efter hans far. Det gjorde något rent för jävligt ont i axeln och armbågen i vänsterarmen han vred upp bakom min rygg. Jag skrek högt.

Ansiktet skrapade mot betongväggen och jag visste att det blödde. Han fick fram min mobil och krossade den under sin skoklädda häl, och slog mig sedan hårt mot revbenen med den fria knytnäven flera gånger.

Det svartnade för ögonen och ljuden av deras upprörda röster, barnets gråt och mina egna skrik pulserade igenom smärtan. Jag önskade bara att jag kunde svimma helt. Så hörde jag plötsligt: "Polis!", panikslaget barn, Tinas röst, panikslagen mor, Jamil: "Ligg ner!" glas som krossas, och långt långt borta: "Kim! Var i helvete är Kim?!"

"Kåkå?" sa jag förvånat och allt försvann.

Kåkå lät jävligt förbannad på rösten. Jag skrattade lågt innan det blev svart igen.

"Kim?"

David? Jag försökte kika upp men lamporna bländade mig. "Har jag gjort bort mig?"

"Kim." David var riktigt orolig på rösten. "Ambulansen är på väg. Nej, ligg still."
Jag tyckte han överdrev. Jag mådde ju bra förutom att jag såg taskigt. Så kom smärtan skjutande i axeln och jag jämrade mig högt.
"Ligg still sa jag." Nu hade David sin bestämda röst men jag hade lytt i alla fall. Det gjorde vansinnigt ont.
"Axeln är ur led."
Inte värre än så, tänkte jag. "Grabben?" stönade jag fram.
"Ullis är här."
"Bra. Hon är duktig med ungar."
David log lätt och vände bort blicken en snabbis. "Ambulansen har kommit."
Jag drog en smärtsam suck.
Ambulanskillarna kände jag igen sen tidigare. Namnen hade jag glömt, men det spelade ingen roll. De namn jag gapade ur mig innan jag väl fick morfinet dög för stunden utmärkt åt dem.
David åkte med mig till sjukhuset och där blev det dimmiga och smärtfyllda timmar.

37

Kåkå satt och halvsov i en skön fåtölj bredvid sängen.

Jag rörde lite på mig och det var ruskigt ömt i både axeln och vid revbenen.

Kåkå tittade upp. ”Go morron.”

”Morrn”, sa jag hest. Det sved i vänstra halvan av ansiktet. ”Får jag kicken?”

”Nej.”

Han sa inget mer och jag hasade mig med en del stön upp till sittande ställning. Jag var fortfarande drogad, märkte jag. ”Var är David?”

Kåkå nickade mot mig och jag vände blicken lite. David hade sitt huvud vilande på sina armar i sängen.

Jag lyfte handen och fingrade lite på hans hår.

”Han slocknade nyss.” Kåkå rörde lite på sig i fåtöljen. ”Du ska veta att du har tur som lever.”

Jag flyttade min onyktra blick från Davids hjässa och tittade in i Kåkås gråblå.

”Hade inte Jamil sett Robin Ohlsson i mörkret och anat kokain, hade inte alla varit på plats.”

”Jag visste inte att det var den verkstan.” Jag lät berusad.

”Nej, men du kunde ha dragit när du fattade det.”

Jag fnittrade. ”Du har inte kört min bil, du inte.”

Kåkå skrattade lågt, reste sig ur fåtöljen och vågade faktiskt dra handen över mitt hår. ”Friskna till nu.” Han lämnade rummet.

Davids doft väckte mig senare och jag tittade upp. ”Hej.”

”Hej.” Han log lätt. ”Har du ont?”

”Inte så farligt.” Jag ljög.

”Din knäppgök.” Han gav mig en plastmugg.

Jag tog den och drack hungrigt upp saftsoppan. ”Mer.” Jag fick påfyllning och drack upp allt i ett svep. När han ställt ifrån sig muggen öppnade jag min famn med den friska armen. ”Kom.”
David kom upp i sängen och fick försiktigt in sin arm under min ömma rygg.
”Vad sa de om revbenen?” undrade jag.
”Två av men de läker av sig självt.”
”Vad händer med grabben?”
David suckade. ”Placerad tills vidare.”
”Vem har Tim?”
”Hemma. Stina håller koll.”
”Bra.”
David tittade upp på mig med en underlig blick i ögonen. ”Det var visst en orolig Daniel som ringde och frågade efter dig på jobbet.”
Jag skrattade till åt Davids min i ansiktet men ångrade mig genast. ”Aj, som…”
David väntade tills smärtan avtagit. ”Frohm sa du träffade nån i lördas.”
Jag flinade. ”Exmaken.”
”Mhu?” Davids ögonbryn var uppe vid hårfästet nånstans.
”Jag ringer honom sen.” Det började snurra i huvudet.
”Behöver jag vara sotis?”
Jag skrattade till och svalde hastigt. ”Verkligen inte.” Jag svalde igen. ”Flytta på dig.”
”Varför…”
”Nu!”
”Men…”
Jag spydde.
”Ja haa…”

Jag lyckades öppna dörren, mitella och tårta till trots, och kom in på vår avdelning. Det hördes röster från grupprummet och kaffedoften letade sig till min näsa.

Karin, idag… Jag blinkade till… vit och röd, fick fram ett stort leende när hon fick syn på mig. ”Kim! Va roligt att se dig!” Hennes bruna granskade mina skrapmärken i ansiktet innan hon kramade mig lätt på den armfriska sidan. ”Är du redan utskriven?”

”Japp. Blev frisläppt i morse och nu sjukskriven veckan ut och deltid från måndag.” Jag drog in henne med min friska arm till en riktig kram. ”Och idag fikar du med oss.”

Karin som chockats lätt av mitt kramsvar nickade. ”Det ska jag göra. Gå in du, jag kommer.”

Jag gick fram till glasväggen och tryckte upp näsan mot den med ögonen i kors. Strax fick Frohm syn på mig och garvade åt min grisnäsa. David vände sig om och log och Larsson vinkade in mig.

Jag tog bort snoken från glasväggen och städade glaset hjälpligt med jackärmen innan jag gick in.

David drog ut min stol och tog tårtkartongen så jag kunde böka av mig jackan.

Kåkås blick var rörande öm och jag visste att jag var förlåten för mitt misstag.

Jens som suttit djupt försjunken i ett papper tittade upp med de mörkblå och ett leende sprack fram. ”Tjena, Kim! Bra timing, vi skulle just knyta ihop säcken.”

”Vilken säck?”

”Amanda Krause etcetera”, sa Kåkå och fick ett leende i ansiktet när Jamil och Adam dök upp i dörrhålet.

”Jag har ringt efter dem”, sa jag och överraskade dem båda med enarmade kramar. ”Tack, grabbar. Och tacka tjejerna när ni ses.”

Jamil hämtade sig snabbt från chocken och plutade med munnen, höjde på axlarna med händerna utåt i en inbjudande gest och bröt: "Vackra svenska flicka, inte skrämma Jamil på verkstad igen. Jamil köpa hon för *tio* kameler, hon bo tryggt på tältet."
Min grupp skrattade åt Jamil och vi slog oss ner vid bordet
Karin kom in bakom mig och satte sig på kortändan med assietter och skedar.
Kåkå höjde förvånat på ögonbrynen.
Vi som inte hade kaffe fick varsin kopp av David innan han öppnade tårtkartongen. Så började han gapskratta.
Jag flinade roat medan alla skrattande skådade tårtan. På den ljusrosa prinsesstårtan fanns en marsipankniv med svart skaft och det droppade röda marsipanbloddroppar från den gråa eggen.
När skratten klingade av delade David upp bitar till alla och när vi väl gottat klart gick Jamil och Adam ner till sitt. Så var det dags att knyta ihop säcken:
Conny Nilsson hade, som vi redan visste, erkänt allt han var anklagad för. Det som fattades där var de handskar han använt vid mordet på Amanda Krause. De förblev spårlöst borta. Teknisk bevisning på kniven fanns inte, och det saknades även teknisk bevisning i Metzfallet och i Amsterdamfallet.
De fem olösta våldtäkterna i Sverige kunde avslutas, då samtliga offer kunnat peka ut Georg Wahlström på foton Larsson och Frohm hittat i sonens bostad. Troligen hade Amanda Krause medverkat vid samtliga våldtäkter, då vittnen bekräftat att hon funnits på orterna vid de tidpunkterna.
Wahlström hade även blivit utpekad på foto av offret i New York-våldtäkten åttionio. Det andra, från åttiofyra, gick inte att bevisa mer än att tidpunkten stämde med Krauses och Wahlströms vistelse i New York, och hade därför lagts tillbaka på cold casehögen.
Sabina Höök *hade* blivit dödad på grund av att hon skulle vittna om Conny Nilssons vistelse i Amsterdam. Men inte för att skydda Conny Nilsson, utan för att Robin Ohlsson med kompanjon blivit skrajsna att hon inte kunde hålla tyst om deras leverantör, som bodde just i Amsterdam.

Sabina Höök hade slutat sitt liv i den bil hon förts bort i, med en påse över huvudet.

Kokainet som beslagtagits både på verkstaden och i lägenheten skulle placera Stefan och Marika Tillman i fängelset på lång tid.

Robin Ohlsson skulle fällas för mordet på Sabina Höök som han faktiskt erkänt, grovt våld mot tjänsteman igen plus att utredning pågick gällande narkotikabrott.

Jens pustade. ”Har jag missat nåt?”

”Ja”, sa jag, och kände Davids blick på mig. ”Att David Hellman från nu tar ut lite övertid och tillbringar resten av dagen med sina barn, Kim Larsen och hunden Tim.”

Jag såg i ögonvrån att David släppte ut en suck innan han fick fram ett leende.

Kåkå skrattade lågt. ”Gör det du. Men blir det något akut…”

David kom flåsande och slog sig ner bakom mig i snön. Han drog in mig försiktigt mot sin bringa och jag tittade på ungarna som härjade i sänkan nedanför oss.

Tim jagade snöbollarna Viktor kastade efter sina skrikande små-syskon så snön yrde kring honom, och Viktor hade blivit väldigt glad när han fick smita ifrån skolan tidigare, så leende var ovan-ligt brett.

”Det här var en strålande idé”, tyckte David.

”Jag vet. Såg du att Karin var tvåfärgad idag?”

”Ja. Hennes tvättmaskin är trasig.”

Det förklarade saken.

Han nosade mig i håret. ”Jag gillade tårtan.”

Jag skrattade till och vände mig lite så jag såg David. ”Du trodde jag skulle berätta allt om mig.”

”Ja. Det hade inte blivit så bra.”

”Nej, jag vet.”

David suckade djupt. ”Fast Kåkå vet. Jag hoppas du inte blir arg på mig för det.”

”Jag hade mina misstankar. Du berättade innan sista förhöret med Nilsson, va?”

”Ja, när jag ringde hemifrån.”

Jag vände blicken till ungarna och Tim igen och vi satt tysta ett tag. Så frågade David: ”Vill du berätta?”

Det ville jag nu. Så jag berättade att det hände tre år innan kvinnan i Metz blivit våldtagen. Jag hade bara några dagar tidigare fått veta att min mamma var död. Jag var gravid i femte månaden och hade denna dag sökt mig till Johnny för jag hade hittat Danne i säng med en annan. Så fortsatte jag: ”Johnny hittade mig avsvimmad och blödande med kniven i magen på sin tomt. Han bodde en liten bit utanför Sala, och jag misstänker de bara råkade köra förbi och såg mig när jag gick från bussen.”

David drog in mig närmare sin rygg. ”Då kanske du var den första han använde kniven på.”

”Ja, det är högst troligt. Kniven var nämligen min.”

David släppte mig lätt och försökte se mig i ansiktet. ”Din?”

Jag skrattade lätt bittert. ”Jag hade köpt den samma dag här i stan. Jag behövde en kniv till mina hobbygrejer. Den låg i väskan och jag försökte få upp den direkt när jag blev angripen. Men den hamnade på backen nånstans...” Jag pausade lite och fortsatte sedan: ”Jag vet inte om han tog ur den ur fodralet eller om den rasat ur det, men när han var klar tystnade hon och han låg och flåsade över mig ett tag. Sen gled han av mig, och innan jag ens fattat att han höll i kniven hade han huggit den i mig. Jag minns mitt eget skrik, men snart blev allt svart. Johnny sa senare att kniven faktiskt hade stoppat de värsta blödningarna.”

”Men sen då? Hur dolde ni allt?”

Jag suckade lätt. ”Jag vaknade till igen innan Johnny hunnit ringa ambulansen. Han förstod redan då vad jag ville så han ljög och i egenskap av läkare skötte han mig i ambulansen. Sen hängde resten på turen, och den fick vi. Hur vet jag inte, det är Johnnys hemlighet. Men allt dokumenterades som en sen spontan abort. Polisen hölls utanför. Jag ville inte vara ett offer, och tack vare Johnny slapp jag bli det. Farfar och Danne fick bara veta att hon dog. Jag visste sanningen skulle knäcka dem båda, så det blev bäst så.”

Barnen pockade på Davids uppmärksamhet en stund, men snart frågade han: "Tog inte Danne på sig skulden i alla fall?"

"Nej. Johnny sa direkt att det inte hade med chock eller så att göra. Och att jag var opererad var inget de tyckte var konstigt."

"Du tänkte aldrig att du kunde stoppa framtida brott om saken gått rätt till?

Jag hade väntat på frågan. "Där och då, nej. Min framtidsdröm om ett liv med Danne och vårt kommande barn hade hastigt tagits ifrån mig. Och detta kort efter budet om mammas död. Enda sättet att orka var att kämpa emot att känna mig som ett offer. Så fort jag lämnat in om skilsmässa bestämde jag mig för att bli Polis."

"Och Johnny?"

"Han klarade det akuta, men sen... Han bara grät när vi sågs. Han orkade inte ens en enkel fika med farfar och till slut sålde han huset och åkte till staterna."

Jag kände David pussade mitt hår. "Fick hon något namn?"

Jag suckade djupt. "Liv."

"För hon inte fick något."

"Ja." Så kom jag plötsligt på: "Apropå liv, var är min bil?"

"Din bil?"

"Ja, min fina gamla Opel. Du vet den gråa jag haft sen långt innan vi träffades? Senast sedd av mig i Tillmans garage."

David hängde inte med i känslosvängarna, märkte jag. "Jaså den! Ja a du… Hm… Den är borta." Han försökte verkligen hålla sig men brast strax i skratt.

Jag vände ansiktet till David och höll på att få nackspärr medan jag frågande väntade på en förklaring.

Min nya mobil började vissla i bröstfickan. Rammsteins 'Engel'. Efter jag insett att David haft 'You wont't know' som ringsignal i flera år bara för att berätta något, var det nu min tur att berätta något för David. Nämligen att jag faktiskt inte alls var någon ängel och inte ville bli en heller. Det skulle bli intressant att se hur lång tid det tog innan han fattade budskapet.

En tårögd David skärpte sig. "Ska du inte svara?"

"Nej, jag väntar fortfarande på svaret om vad som hänt med min bil."

Davids blå pendlade mellan mina ögon och hans ansikte kämpade mot att börja skratta igen. Men så sa han: "Okej. Jag har skrotat den."

Jag suckade djupt och lutade mig tillbaka mot David som sa: "Vi köper en ny." Han fick något drömmande i rösten: "Utan rost. Stängbara dörrar. Nya vinterdäck. Airbag. ESP…

Agneta har ordet.

Alla namn och händelser är fiktiva. Dock kan någon i min närhet även i denna bok känna igen en kommentar eller så, och även nu säger jag; tack för den!

Den här boken tillkom under vintern 2010/2011. Sen har det tagit sin tid med att kolla fakta, redigera, tänka, läsa om, skriva om, och läsa om... Det är inte lätt med en hjärna och kropp som inte vill fungera! Men nu skulle den bli klar, så eventuella missar får jag härmed stå för!

Boken är tillägnad mina älskade ungar Maria, Magnus, Martin och Malin. Ni är mina solar och just i denna bok mina inspirationskällor!

Som författare tog jag friheten att rita upp både platser, Polisens lokaler och Rättsväsendets sätt att arbeta, efter eget huvud. (Och efter ett långt samtal med en alldeles riktig Kriminalkommissarie stärktes mitt sätt att tänka!)

Så ett stort tack till de inom Kriminalpolisen i Uppsala som svarat på mina frågor!

Vill även tacka dåvarande SKL, Statens kriminaltekniska laboratorium, idag NFC, Nationellt forensiskt centrum.

Tack till Christine Menzel, Kåkå AB för lånet av varunamnet!

Tack Marcus, som i början av bokens tillkomst fick hjälpa mig med diverse teknikaliteter gällande utskrivning av materialet.

Tack mamma och Maria för läsning, tips och råd!

Tack Jim, min svärson och tillika omslagsfotograf!

Musiken ni "hörde" i boken var:

Vår gamle Opel - Eddie Meduza
You won´t know - Brand New
Gasen i botten - Eddie Meduza
Tyler's lament - Clanadonia
Himlen är oskyldigt blå - Ted Gärdestad
Silver wheels - Eddie Meduza
Hvad gör vi nu lille du? - Gasolin
Timshel - Mumford and Sons
Dancing with myselfe - Billy Idol
Engel - Rammstein

Och sist vill jag berätta för mina nya läsare att jag tidigare gett ut
en kriminellroman som heter "Socker"!